MOI EN PLUS BEAU

"Domaine français"

DU MÊME AUTEUR

COMME TU AS CHANGÉ, éditions de l'Olivier, 1992.
COMME TON PÈRE (prix Renaudot), éditions de l'Olivier, 1994 ; Points n° 130.
ÉTONNE-MOI, éditions de l'Olivier, 1997 ; Points n° 448.
DIS-MOI QUELQUE CHOSE, Actes Sud, 1999 ; Babel n° 494.
TU RÊVES ENCORE, Actes Sud, 2001 ; Babel n° 668.
ATTRACTION, Actes Sud, 2005 ; Babel n° 1433.
LA MORT DU TAXIDERMISTE, Actes Sud, 2017 ; Babel n° 1835.

ISBN 978-2-330-16923-7

GUILLAUME LE TOUZE

Moi en plus beau

ACTES SUD

His soul swooned slowly as he heard the snow falling faintly through the universe and faintly falling, like the descent of their last end, upon all the living and the dead.*

JAMES JOYCE,
Dubliners (chapitre 15, *The Dead*), 1914.

* Son âme se pâmait lentement tandis qu'il entendait la neige tomber, évanescente, à travers tout l'univers, et, telle la descente de leur fin dernière, évanescente, tomber sur tous les vivants et les morts.

(Traduction de Jacques Aubert,
Gallimard, 1974.)

À la mémoire de Béatrice Roser, 1936-2015.

UN PAS DE CÔTÉ

Xavier eut brusquement la certitude que, ce jour-là, il ne trouverait pas ce qu'il cherchait. Ce sentiment de défaite avait pointé quelques minutes auparavant, et il n'avait pas besoin de regarder sa montre pour savoir que la nuit tomberait dans deux heures environ. C'était l'instant charnière où sa volonté méticuleuse, son acharnement cédaient le pas à la résignation. L'inclinaison des courbes du relief, l'ombre des végétaux, la légère opacité encore bleutée du ciel, tout lui indiquait qu'il était trop tard, qu'il avait échoué.

Mais c'est lorsque son pied buta contre un obstacle que Xavier comprit. Il trébucha et bascula sur le sol capitonné d'une jeune herbe enracinée sans grande conviction dans un humus encore meuble. Au sol, il se retourna pour adresser un signe au ciel et vite, se remit debout pour sortir ses outils de son sac. Le piochon filait droit le long du rail que dissimulait une fine couche de végétation. En creusant davantage, il tomba sur une traverse, des éléments du ballast et plus loin, le deuxième rail enterré sous une épaisseur beaucoup plus importante, il se trouvait enfin face à ce qu'il était venu chercher. Il leva les yeux et comprit que le talus, autrefois en surplomb des voies, s'était peu à peu soulagé de la surcharge de terre et de cailloux qui l'encombrait. Plus loin, s'il laissait courir son regard à l'horizontale, il pouvait presque distinguer la ligne de fuite d'un terrassement. Pourtant, en suivant l'azimut calculé à l'ancienne avec sa boussole, ultime recours à la fin d'une journée décevante, rien dans l'inclinaison continue du sol n'indiquait qu'il fallait chercher de ce côté, et l'implantation de la végétation ne permettait pas de deviner la ligne d'excavation sous la crête. Pourquoi le tracé avait-il brusquement coupé les courbes de niveau ?

La lumière diminuait et il était trop tard pour faire tous les relevés. Xavier planta quelques piquets sur la zone et les relia entre eux par du ruban de balisage. Pour rejoindre le sentier qui lui permettrait d'atteindre la route, il lui fallait traverser des prairies. La lumière devenait parcimonieuse. Il devait se trouver à un peu moins de mille mètres d'altitude, la fraîcheur et l'humidité de la nuit commençaient à couler le long du relief. D'un pas sûr, il attaqua la descente, traversant ce qui serait son territoire pendant quelques jours. Une fois arrivé en sous-bois, il sortirait sa lampe frontale.

Un puissant courant d'air chaud désembuait les vitres de la voiture de location. Les fûts sombres des grands arbres qui bordaient la route étaient impressionnants. Dans l'urgence de la tombée du jour, Xavier se laissait enfin aller à l'irrationalité qu'il n'osait d'ordinaire mobiliser. Il était à nouveau capable d'oublier le cadre académique de ses recherches pour retrouver intacte la fièvre qui l'animait lorsqu'il rêvait de transformer en métier sa passion pour les trains électriques. Ce qu'il aimait par-dessus tout, c'était ce que le terrain contenait d'effacements. À l'évidence, ce tronçon n'était déjà plus répertorié sur le réseau lorsque la ligne avait été définitivement abandonnée. Les archives ne mentionnaient pas le déferrage de la voie effectué dans les années 1990. Que les traverses de bois n'eussent pas été retirées, cela arrivait, mais il était rare qu'on oublie de la fonte sur place.

La nuit tombait, Xavier n'avait pas eu le temps de mesurer l'écartement des rails. Il faudrait qu'il vérifie s'il était compatible avec celui de la voie principale. Il devrait aussi poser des balises pour mesurer la déclivité car, à vue d'œil, il lui semblait qu'elle était supérieure à ce qu'indiquait le profil en long de la ligne qu'il cherchait. Sur ce tronçon, situé entre un viaduc et un tunnel, la rampe aurait dû culminer, en gros, à vingt-deux pour mille. Pourquoi avoir sciemment cherché ces complications techniques lors de la construction ?

Entre les rares villages, la route traversait de longues étendues inhabitées, pas une lumière ne venait tacheter la nuit. Xavier suivit un moment la camionnette d'un menuisier qui portait le même prénom que son frère, cela le fit sourire. Il se demanda dans quel état d'esprit il retrouverait Benoît tout à l'heure. La camionnette bifurqua vers une petite zone d'activité à l'entrée du village. Xavier continua le long de la rue principale et s'arrêta devant la gare, leur hôtel lui faisait face.

Le lendemain, en écartant les rideaux de sa chambre, Xavier constata que la brume avait envahi la place. On ne voyait pas à un mètre cinquante.

Depuis son réveil, il avait bien entendu la pluie ruisseler et s'engouffrer dans les gouttières, mais il n'imaginait pas que l'espace extérieur s'était empli d'une vapeur fantomatique impossible à traverser pour le regard. Il alla frapper chez son frère et le trouva à la fenêtre, perdu dans la contemplation de l'épaisseur laiteuse. Xavier s'approcha et tenta de comprendre ce que Benoît voyait qui aurait échappé à sa perception ordinaire. La pluie avait maintenant plus ou moins cessé, les gouttières ne gargouillaient presque plus, et une lumière venant de l'est perçait la blancheur.

Ce qu'il avait pris pour de la brume n'était qu'une colonie mouvante de nuages qui montaient de la rivière en contrebas, léchant les prés jusqu'à la voie de chemin de fer, avant de rencontrer l'asphalte un peu moins froid que la terre et se frotter à la pierre des façades. Un vent régulier s'était mis à souffler et poussait maintenant la masse ouateuse vers l'ouest, enroulant des volutes de vapeur au gré des obstacles sur lesquels elle se disloquait, ménageant chaque fois une percée pour la lumière du matin.

Benoît observait ce spectacle avec une concentration qui n'était pas surprenante pour qui le connaissait bien. Son frère eut le sentiment qu'il était capable de mesurer chaque caprice cinétique de la rencontre des nuages avec le monde matériel, chaque nuance de forme qui en résultait. Comme toujours, Benoît était en train d'inventorier ce qu'il connaissait déjà et pouvait donc reconnaître, ce qui pouvait être rapproché de quelque chose de connu et enfin, ce qui était parfaitement nouveau et devait donc être répertorié, puis fixé dans sa mémoire. Xavier s'assit sur un crapaud fleuri au pied du lit et contempla les larges épaules de son frère qui masquaient complètement la vue vers l'extérieur. Sa tête immobile à l'extrémité de son long cou révélait une concentration extrême. Une vague d'émotion le saisit, comme toujours lorsqu'il constatait à quel point leurs mondes étaient distants. S'ils partageaient la même réalité, ce qu'ils en faisaient divergeait en toute chose. Xavier savait l'effort intense que Benoît était en train de produire et cela le bouleversa. Il profita d'un instant où il avait semblé se détendre pour se lever et poser la main sur son épaule. Son frère tressaillit à son contact, puis il se retourna avec un sourire énigmatique. Il avait faim, c'était l'heure d'aller déjeuner.

Dans la matinée, la lumière revint et la pluie reprit, torrentielle cette fois. Les caprices du ciel ne permettaient pas de retourner sur le site pour faire les vérifications prévues. Benoît était remonté s'enfermer dans sa chambre, inutile d'espérer un peu de compagnie. Xavier sortit acheter quelques journaux puis s'installa au bar du village, car c'était souvent en bavardant avec les habitués alignés au comptoir qu'il recueillait des informations utiles à ses recherches. Rapidement, on lui présenta un cheminot retraité. Malheureusement, l'homme n'avait jamais entendu parler d'une voie ferrée à l'endroit que Xavier lui indiquait tant bien que mal. Tout ce que le cheminot évoquait renvoyait au tracé principal.

Xavier avala son café et sortit du bar. Il entra dans la gare et consulta les horaires des trains pour Nîmes. Puisque la journée ne pouvait lui permettre de poursuivre ses fouilles, il décida d'aller la passer en ville.

ENFANCES

Les villes sont bien plus qu'un enchevêtrement d'habitations serrées, empilées, organisées et reliées entre elles par des passages censés faciliter la circulation. Lorsqu'une agglomération se dévoile à vous dans les premiers instants, c'est la généalogie de ses habitants qu'elle révèle. Cette première impression est la synthèse de tous les événements qui ont produit le chevauchement d'une toiture sur une autre, l'appui d'une extension sur un mur ancestral, le réemploi de blocs savamment taillés dans une nouvelle construction, condensés et ordonnés pour donner l'illusion d'une pensée architecturale. Les villes nous racontent des histoires. Qu'on en franchisse les portes à pied, en voiture, en train, qu'on y atterrisse en avion après les avoir survolées, la question demeure identique : comment habite-t-on ces endroits, comment les modèle-t-on pour son usage ?

Xavier arriva à Nîmes en fin de matinée et constata que les nuages accumulés sur les contreforts des Cévennes avaient épargné la ville. Il faisait doux, le ciel était lumineux, l'hiver refusait de s'installer. Face à lui, les arènes fermaient toute perspective de leur masse millénaire. Les grands platanes fraîchement élagués et pourtant centenaires semblaient juvéniles. La promesse d'une belle journée le fit sourire.

Les villes qui s'enorgueillissent d'un passé antique affichent une morgue toute particulière, comme si leur histoire illustre les dispensait de construire un présent commun à tous. Nîmes n'échappait pas à la règle, le XIXe siècle semblait l'avoir restructurée autour de son patrimoine, établissant une partition entre la bourgeoisie qui avait investi les collines et les étages des immeubles copiés sur ceux du baron Haussmann, et les travailleurs relégués près du sol dans cette cuvette étouffante en été et balayée par le mistral en hiver. Mais Xavier avait fréquenté la ville lorsqu'il était enfant et une autre vision des lieux, plus affective, se superposait à ce qu'il en percevait désormais dans une approche purement intellectuelle. Ce n'est pas de nostalgie qu'il s'agissait, mais de l'expérience d'un regard posé en dessous de celui des adultes. Ses yeux d'enfant voyaient d'abord à hauteur de genoux, puis de hanches, puis d'épaules avant d'émerger finalement de la foule. Il s'était repu des détails que la vision d'ensemble des adultes négligeait. Cela lui avait permis de construire différentes strates de sensibilité pour une même ville. C'est dans cette mémoire qu'il puisait aujourd'hui. Il connaissait suffisamment Nîmes pour se glisser dans ses interstices sans chercher à s'orienter. Il n'aurait même pas besoin de regarder la plaque pour reconnaître la rue Catinat lorsqu'il s'y trouverait.

Au hasard des boulevards et des ruelles, il flaira l'atmosphère de la ville, retrouvant immédiatement ce qu'elle lui avait apporté de chaleur, de liberté, mais aussi de pesanteur. Les séjours chez sa grand-tante Eugénie, d'où son frère était absent, lui avaient donné accès à une certaine forme de stabilité, tant l'attention que requérait Benoît en permanence et aussi la reconnaissance de sa mère pour sa tante, le poids de leurs souvenirs communs, encombraient l'espace et figeaient Eugénie en une posture statuaire qu'elle perdait immédiatement lorsqu'elle se retrouvait seule avec Xavier. Elle répondait aux questions qu'il posait, ne lui cachait rien en apparence et, même sous la chaleur étouffante du mois d'août, les tourments de la vie se diluaient tandis qu'ils traversaient la ville pour aller déguster une polonaise chez Courtois après être passés chez la couturière déposer un corsage à reprendre. Une douche fraîche en rentrant, un maillot en éponge pour passer la soirée sur la petite terrasse contiguë au grenier, tout était ritualisé pour tenir à distance les mauvaises surprises du destin. C'est cette façon d'organiser un certain confort qu'Eugénie avait transmise à Xavier et c'est ce qu'il appelait "la solidité", une façon de bâtir son refuge face aux événements.

Que vient-on chercher sur les lieux de son enfance lorsqu'on aborde la cinquantaine ? se demandait Benoît. La paix, sans doute, avec soi-même, avec les autres, avec le passé. Une seule question demeurait, celle de la trajectoire, comprendre d'où l'on est parti pour en arriver là, quel a été le chemin. C'était une façon de commencer à envisager l'entrée dans le dernier âge de la vie en cherchant à déterminer quelle sorte de vieux on aimerait devenir. Ici, comme nulle part ailleurs, et sans doute parce qu'il n'y avait jamais habité, mais seulement séjourné pendant des périodes faciles à repérer, tout lui parlait d'enfance. Xavier savait depuis un moment déjà que lorsqu'on se penche sur ses jeunes années, ce ne sont pas tant les siennes qui sont convoquées qu'une vision plus large de cet âge. Recourir à la réécriture, au fantasme, à l'appropriation d'événements que vous n'avez pas nécessairement vécus, répond à la question du statut de l'enfance dans une vie.

Dans la rue Catinat, Xavier constata que les fenêtres du premier étage avaient été garnies de jardinières en zinc où s'épanouissaient des succulentes et des herbacées qui produisaient un bel effet de verdure. Plusieurs familles de locataires avaient dû se succéder là depuis qu'Eugénie avait quitté l'endroit, les propriétaires avaient peut-être même fini par revendre l'appartement, mais quelque chose de l'esprit des lieux semblait avoir subsisté. D'autres qu'elle avaient bâti là, successivement, leur port d'attache provisoire, mais la modestie de ces végétaux un peu naïfs racontait encore quelque chose de sa tante.

Xavier se laissa dériver au hasard des intersections avant de comprendre que ses pas le menaient vers les jardins de la Fontaine. Il fit le tour des bassins avec délectation. Ce n'était ni son Luxembourg ni ses Tuileries, nul souvenir de parties de ballon, de culottes courtes en flanelle ou de bateau en bois poussé sur l'onde calme d'un bassin sentant la vase. Les lieux recélaient néanmoins une agréable mélancolie. Les grands arbres pas encore tout à fait nus, le murmure de la chute d'eau, l'étendue nonchalante et sombre dans les bassins, tout bruissait de milliers d'autres enfances que la sienne. Le jardin était vide, quelques pigeons gras se disputaient ce qui semblait être du gravier, mais devait pourtant abriter des fragments végétaux. Xavier s'assit sur un banc les bras grands ouverts sur le bois du dossier. Il comprenait qu'en prenant le train ce matin, il était venu chercher ce qui avait pu lui échapper dans ce décor qu'il connaissait bien, un détail signifiant qui éclairerait d'un jour nouveau ses interrogations. Depuis la mort de leur mère, une année auparavant, il s'était employé à reconstituer les creux de leur histoire et, contre toute attente, ce serait Benoît qui l'y aiderait.

Un chagrin pesant s'était abattu sur lui à l'automne précédent, il ne gardait aucun souvenir des semaines qui avaient suivi l'enterrement, absent à lui-même, dans l'attente d'un renouveau, sa solitude avait quelque chose d'absolu, la seule solidarité qu'il pourrait désormais trouver épisodiquement était celle de son frère, mais leur relation n'était pas égalitaire.

Xavier avait depuis toujours la charge de Benoît. Il devrait s'en occuper jusqu'à son dernier souffle, cela avait été établi avec leur père lorsque Xavier était entré dans l'âge adulte. Il était inutile d'espérer échanger avec Benoît, de mettre des mots sur ce qu'ils éprouvaient au moment de la mort de leur mère. Leurs expériences émotionnelles n'étaient pas de même nature et Xavier avait même pu éprouver un certain réconfort à observer le visage lisse de son frère qui évoquait un lac de montagne dont aucun incident ne saurait rider la surface. Le chagrin était nécessairement un chemin solitaire, quel que fut le frère que la vie vous avait donné.

Deux semaines après la mort de leur mère, des attentats meurtriers avaient semé la terreur dans Paris. Xavier se trouvait avec des amis loin de la Capitale et il avait suivi les événements à travers l'écran d'un vieux poste aux lignes arrondies que ses hôtes avaient trouvé dans un vide-grenier. Découvrir ces scènes de terreur en noir et blanc donnait de l'emphase au tragique des événements. Ces images renvoyaient à d'autres, plus anciennes, prises d'otages aux Jeux olympiques ou à bord d'un avion, et ce qui avait dissipé son incrédulité était le brusque et violent sentiment d'inquiétude pour ceux qu'ils connaissaient à Paris et qui auraient pu se trouver en terrasse ce jour-là, à commencer par son frère. Comme beaucoup d'autres en cet instant, Xavier s'était précipité sur son téléphone et avait passé la soirée à tenter de joindre Benoît. Celui-ci s'était couché de bonne heure avec des bouchons auriculaires, il avait coupé son téléphone et Xavier avait dû attendre le lendemain matin pour qu'il réponde à ses nombreux messages, ne comprenant pas pourquoi ils se faisaient de plus en plus pressants. Seul un boulevard séparait leur immeuble des terrasses des attentats du 11e arrondissement. Benoît répondit simplement qu'il n'était pas mort, comme il aurait dit qu'il avait bien dormi. Xavier avait été contraint de sourire.

Le retour à Paris avait été douloureux. Xavier n'était pas étonné par ce qui s'était produit, même s'il était sonné, il s'y attendait peut-être un peu, tendant le dos comme tant d'autres. L'après-guerre avait vu grandir cette lumineuse idée de l'Europe qui ne devait plus permettre à aucun des peuples qui la composaient de devenir l'ennemi de son voisin mais, pensant notre union à l'échelle d'un continent, nous en avions oublié le monde. Avec le temps, la technologie avait dépassé les constructions politiques, le village-monde permettait d'échanger à l'échelle de la planète des informations propres à organiser méthodiquement la terreur à des milliers de kilomètres de distance avec une efficacité redoutable.

L'anxiété de Xavier avait grandi à mesure que le train se rapprochait de la gare Montparnasse. Il avait d'abord craint que le deuil qu'il traversait ne provoquât une hypersensibilité aux événements, mais avait finalement constaté que son propre chagrin atténuait les chocs du monde environnant.

Lorsqu'il commença à sentir la fraîcheur, seul véritable indice de la saison, Xavier comprit que la lumière avait tourné et quitté le côté du jardin où il était assis. Elle baignait désormais d'un halo doré les bancs perpendiculaires au sien et c'est ainsi qu'il remarqua la femme qui semblait l'observer depuis un moment en souriant. Comme toujours lorsqu'il se sentait objet d'attention, et particulièrement de la part d'une femme, une légère inquiétude l'envahit. Il commença à se demander ce que signifiaient ce regard et ce sourire. Un détail dans sa mise qui pût être sujet de raillerie lui aurait peut-être échappé ? La vie amoureuse de Xavier ne lui avait pas permis de prendre confiance en lui et il restait parfaitement ignorant de son charme. Ayant largement dépassé la quarantaine, il avait connu plusieurs relations amoureuses, mais aussi des liaisons légères et sans conséquences, tout en gardant le sentiment de n'avoir jamais séduit, comme si ces rencontres avaient toutes été le fruit du hasard d'un instant. Il n'avait jamais passé des jours et des semaines à affiner de délicates stratégies pour approcher l'objet de son désir naissant. De ce fait, il n'avait jamais mis à l'épreuve son pouvoir de séduction et, arrivant à l'acmé de sa vie affective, il n'était pas plus conscient d'avoir la faculté de plaire que lorsqu'il était adolescent. Cependant, il soutint ce regard sans prendre la peine de vérifier si un épi dépassait de la masse de ses cheveux, si le col de sa chemise était tordu, comme s'il avait accepté qu'une inconnue pût s'intéresser à sa personne et non à un détail saugrenu qui aurait incité à la moquerie.

Clara se leva et s'approcha du banc où Xavier était assis pour engager la conversation.

TOUT CE QUE TU NE M'AS PAS DIT

Longtemps, c'est toi qui as usé des mots. Moi, je ne pouvais pas répondre, le langage ne m'habitait pas encore. Tu me parlais, mais jamais de toi.

Tu ne me parlais étrangement que de moi. C'est par tes mots que je me suis découvert. Tu m'avais donné cet étrange prénom avec le OI *si difficile à prononcer. Nous nous sommes obstinés pourtant et j'y suis parvenu. Ben*OI*t !*

Patiemment, tu m'as raconté qui j'étais, tu m'as minutieusement décrit. Peu à peu, tu as dessiné les frontières entre mon corps et le tien. Ensuite, le plus long fut de me montrer où finissait mon enveloppe et où commençait le monde. Peu à peu, j'ai accepté l'attention exclusive de ton regard. Je fus capable d'y entrer car je dus percevoir que la clef résidait là.

Longtemps, j'ai eu la sensation que tout ce que je savais venait de toi. Tu rangeais si bien, aussi. Tu as construit pour moi les casiers et les tiroirs que j'utilise. Aujourd'hui tu n'es plus là, et je parviens à les remplir seul, tu le sais.

Ta plus belle réussite, ce fut le langage. Grâce à toi, aujourd'hui, je parviens à penser avec des phrases. Et lorsque j'ai commencé à parler, j'ai pu rencontrer Papa, ce qui, je m'en souviens vaguement – mais peut-être me l'as-tu répété souvent ? –, avait représenté pour toi une grande victoire. Avec Xavier, c'était différent, nous nous fréquentions bien avant les mots, c'est comme s'il avait toujours été là, comme toi, différemment.

Mais qui étais-tu ? Tu ne m'as rien dit de toi. Xavier sait davantage de choses, parfois il me raconte. Ces histoires au coin du feu restent les siennes.

J'ai besoin de savoir ou d'imaginer. J'ai besoin de faire le chemin tout seul.

Aujourd'hui, assis sous un platane, je cligne des yeux tandis que, fragmenté par les feuilles, le soleil de juillet dessine sur l'herbe rase et jaune des formes qui bougent sans cesse. Si je tente d'en fixer une, dès que j'ai le sentiment d'avoir repéré sa forme, elle m'échappe, car elle s'est déjà fondue dans une autre l'instant d'après. Je m'obstine et, dans cette mouvance incessante, je parviens à décrypter des signes. Quelque chose me parle de toi.

LE CŒUR DES ARBRES

Clara savait que les arbres l'avaient sauvée. Elle n'en parlait pas car il était difficile de partager cette certitude avec son entourage, qui mettait un point d'honneur à faire preuve en toute occasion d'un cartésianisme ostentatoire afin de bien afficher son appartenance à la caste des scientifiques qui opposent savoir et croyance. Selon les circonstances, cela la faisait sourire ou lui était insupportable, mais elle le gardait pour elle, passagère clandestine dans ce monde universitaire où son entrée était, à l'en croire, le fruit d'un malentendu. On l'avait prise pour une autre, et elle n'avait pas cherché à détromper qui que ce soit. Cependant, avec le temps, ayant tout fait dans les règles, elle était désormais libre dans sa petite niche, comme elle se plaisait à l'appeler. Elle avait, sans aucune difficulté, baissé la tête avec humilité, prêté allégeance, trouvé les bonnes références et les protections adéquates au bon moment, publié ce qu'on attendait d'elle sans faire d'ombre à d'autres, serpenté avec une ferveur toute ludique dans le labyrinthe des ego comme elle aurait joué dans une pièce classique. Aujourd'hui, elle estimait avoir conquis une certaine forme de liberté, en grande partie grâce à son silence.

Des événements imprévus avaient précipité son départ de Paris. Il fallait qu'elle change d'urgence quelque chose dans sa vie, elle avait donc commencé par le décor. Sans y croire, elle avait postulé dans différentes universités et, à sa grande surprise, avait reçu plusieurs réponses. Ayant pris le train pour aller passer un entretien à l'université Paul-Valéry, elle constata qu'à mesure que la rame s'éloignait de la gare de Lyon pour pénétrer dans une campagne assez vite verdoyante, puis vallonnée et semée de grosses masures rassurantes avec leurs toits à quatre pentes en tuiles plates, sa poitrine se libérait d'un poids. Après Montélimar, ce fut le Sud, la lumière verticale sur les vignes et les vergers, les Préalpes méridionales pointant en arrière-plan. Paradoxalement, Clara perçut dans cette minéralité aride une force vitale extraordinaire, quelque chose de la vie végétale qui luttait pour ne pas s'éteindre au milieu de ces terres pauvres et caillouteuses, un génie absolu de la vie qui transformait son ennemi en allié. Le soleil, qui aspirait l'eau et durcissait la terre, permettait aux fruits de se gorger de sucre pour produire un vin foncé et fort. Le train s'arrêta à Nîmes et, de sa place, en diagonale, à travers une arche de la voie ferrée suspendue au-dessus de la ville, elle aperçut une voûte de pierre sans âge d'une teinte très douce. La rame avait déjà redémarré lorsqu'elle comprit qu'il s'agissait d'un morceau des arènes.

L'entretien se déroula sans anxiété particulière pour Clara. Elle savait déjà qu'elle avait trouvé sa place, elle exposa tranquillement ses compétences. Le directeur du département fut rapidement convaincu du bien-fondé de sa présence au sein de son équipe. C'est ainsi que sa nouvelle vie débuta, entre

Montpellier où elle travaillait et Nîmes où elle avait trouvé un appartement proche de la Maison carrée.

Lorsqu'elle quitta Paris, le médecin qui l'avait suivie la recommanda à un confrère dans le Gard et lui demanda de continuer à se plier à cette discipline de vie qui l'avait sauvée de l'abîme : s'astreindre à une demi-heure de marche par jour, pas loin de la tombée du jour selon ce que permettait la saison. Il n'ajouta pas que c'était une prescription à vie, mais elle le comprit. Elle l'avait clairement perçu la première fois qu'elle s'était forcée à se risquer hors de chez elle et qu'elle était parvenue, au prix d'efforts surhumains, jusqu'aux grilles du Luxembourg. Les arbres l'avaient accueillie à bras ouverts et elle s'était glissée sous leur ramure réconfortante. Peu à peu, elle avait apprivoisé chaque secteur du jardin, chaque allée, variant les parcours, passant entre les troncs, décrivant boucles et arabesques pour mieux les enserrer. Une sensation grisante l'avait envahie, la circulation puissante de la sève au cœur du bois stimulait la pulsation des flux à l'intérieur de son propre corps et la ramenait à la vie.

À Nîmes, elle avait perpétué le rituel quotidien qui lui permettait de faire le point sur ce qui l'attendait le lendemain. À aucun moment elle n'avait imaginé que cette promenade journalière occasionnerait des rencontres, qu'elle ne cherchait d'ailleurs pas. Elle avait quelques amis, même si ce vocable, quand elle y pensait, pouvait paraître un peu excessif se rapportant à des gens avec qui elle allait au cinéma, partageait quelques considérations sur la littérature et l'état du monde, mais jamais aucune préoccupation intime. Elle n'avait pas connu d'homme depuis longtemps et, sans être devenue méfiante ni hostile en quoi que ce soit, la sphère masculine s'était doucement éloignée d'elle comme la neige disparaît des alpages au printemps.

L'imprévu avait fait irruption dans sa vie aux jardins de la Fontaine. Elle ne comprenait toujours pas comment elle en était venue à échanger des numéros de téléphone avec un inconnu. Et pourtant, elle l'avait fait et comptait bien utiliser cette voie pour revoir Xavier. Elle n'en ressentait aucune culpabilité, ce qui la surprenait un peu car, avec les années, elle était devenue plutôt réservée et l'idée d'aborder un homme dans la rue lui était parfaitement étrangère. Elle constata aussi qu'elle n'anticipait rien sur l'avenir de cette rencontre, elle était déterminée mais se refusait à imaginer quoi que ce soit de précis, elle voulait goûter au plaisir de cette surprise et elle se sentait parfaitement calme.

Il était très difficile de discerner ce qui avait arrêté son regard lorsqu'elle avait aperçu Xavier sur son banc. Peut-être la béatitude de ce visage tourné vers les derniers rayons du soleil ? Quelque chose d'innocent dans la façon d'apprécier un plaisir simple ? C'est en tout cas ce qu'elle avait imaginé en le voyant, quelqu'un qui n'attend rien et savoure le présent avec gourmandise.

Il y avait pourtant bien un indice qui indiquait que Clara attendait quelque chose de cette rencontre. Henry devait arriver chez elle pour quelques jours, et elle décida de ne pas lui en parler. Cette affectation la fit sourire, elle repoussa ces pensées dans les replis de sa conscience et commença de préparer un bon dîner pour son frère.

AVANCER

Leur retraite se prolongeait malgré le froid et l'humidité qui marquaient la détermination avec laquelle on s'enfonçait dans l'hiver. Les châtaigniers avaient désormais perdu leurs feuilles, leurs branches nues et raides comme des squelettes se découpaient sur le ciel au crépuscule, donnant au paysage une note lugubre qui ne suffisait pas à décourager Xavier. Le soir dans la chaleur de leur auberge, Benoît souriait, c'était une belle récompense. J'avance, j'avance, disait-il. Le feu crépitait dans la grande cheminée de la salle de restaurant et Xavier fixait les flammes, le regard légèrement embrumé par l'émotion. Un an s'était donc écoulé depuis la mort de leur mère et, chacun à leur façon, les deux frères avaient surmonté son absence.

Xavier avait avancé avec détermination, mettant toute son énergie à occuper son esprit pour ne pas se laisser empoisonner par la douleur paralysante qu'il discernait aux confins de sa conscience. Il avait commencé par mettre en ordre les affaires de leur mère et ces tâches administratives, si contraignantes fussent-elles, avaient canalisé son chagrin, reportant à plus tard son éclosion. Avec le mois de décembre, l'année s'était terminée, un cycle s'était achevé. En janvier, les jours avaient commencé de rallonger timidement, présageant du printemps à venir, et Xavier avait ressenti une sorte de soulagement. L'ouverture d'une année nouvelle préfigurait le reflux progressif du sentiment de perte qui avait été si fort à l'automne, transformant peut-être plus vite qu'il ne l'avait imaginé l'absence en une bienveillante présence.

Une page blanche s'ouvrait et Xavier avait décidé d'aller l'écrire ailleurs, quittant Paris pour l'Est de l'Europe. Son métier lui permettait une certaine mobilité et nombreux étaient les projets qui, au cours de sa carrière, avaient dû être repoussés faute de temps. Aussi lui était-il assez facile de s'inventer des prétextes de fuite. Xavier avait donc repris ses recherches sur d'anciennes voies parallèles au *Transsibérien* laissées en plan plusieurs années auparavant.

Il avait choisi de faire en train le voyage jusqu'aux confins de la Mongolie et de la Russie pour prendre le temps de profiter des sensations propres à ce mode de transport, mais aussi pour répondre aux nouvelles orientations de recherche de son laboratoire. Depuis peu, l'arrivée d'un jeune doctorant lui avait permis de remettre son travail en perspective. Sa démarche consistait à documenter de la manière la plus précise possible le ressenti des voyageurs en fonction des lignes, de façon à disposer d'une trace humaine de leur usage lorsque les voies seraient désaffectées. Xavier s'était facilement laissé convaincre du bien-fondé de son approche et avait ajouté un enregistreur à son matériel de recherche. Au début, il s'était senti gauche et timide lorsqu'il s'était agi d'interroger des inconnus, mais bien vite, le plaisir qu'il avait perçu chez ses interlocuteurs lorsqu'il leur donnait l'occasion d'exprimer leur attachement au transport ferroviaire l'avait rassuré. Peu de voyageurs effectuaient le trajet en entier et ils se succédaient dans sa voiture en fonction de leur itinéraire. Ainsi avait-il pu croiser beaucoup d'usagers et recueillir leurs nombreux témoignages.

Arrivé en Mongolie, Xavier avait méthodiquement photographié les paysages de la zone géographique qui avait été délimitée pour l'étude. Le soir, il transférait les clichés sur son ordinateur pour les trier et agrandir des détails afin de comparer les courbes du relief. Il avait fini par repérer quelques indices qui méritaient la réalisation d'une coupe en long de certains vallonnements. C'était un travail fastidieux, mais il avait été récompensé par la découverte d'un possible tracé abandonné. Il avait alors confronté ses hypothèses à la réalité du terrain afin de déterminer les points GPS qui circonscriraient la zone de recherche. Son travail s'arrêtait là, son équipe se chargerait de venir préciser l'ancien tracé.

À son retour de Mongolie, c'était presque le début de l'été, les soirées étaient longues désormais et la douceur de vivre reprenait ses droits sur les terrasses bondées des cafés parisiens. Benoît n'avait pas tardé à partir pour Avignon avec sa troupe. À l'issue de leurs représentations, les comédiens lui avaient proposé de rester dans la maison louée jusqu'à la fin du mois d'août au milieu de la garrigue et Benoît avait accepté. Pour la première fois, dans une courte lettre à Xavier, comme s'il attendait une forme d'assentiment, il exprimait le désir de ne pas écrire sur lui-même. Sans rien en dire à Benoît, Xavier avait appelé le psychiatre qui le suivait de plus en plus épisodiquement au fil des années. Le vieux médecin n'avait pas compris ses craintes. Écrire ne pouvait lui faire que du bien, quel que soit le sujet, puisque c'est la fiction qui l'avait sauvé. Xavier avait donc répondu à son frère qu'il avait hâte de le lire, qu'il écrivait sur ce qu'il voulait et que sa mère était aussi la sienne.

Pourtant, à l'automne, Xavier n'avait pu échapper à son propre rythme biologique. Soudainement, il avait senti monter en lui une sorte d'anxiété inexplicable et avec elle, les symptômes les plus divers. Des douleurs difficiles à localiser précisément, ou même à identifier, avaient commencé de se manifester, articulaires, musculaires, crâniennes. Il s'était un peu inquiété, sans pouvoir en parler à Benoît, jusqu'à ce qu'il identifie enfin le problème et le relie précisément à l'anniversaire de la disparition de leur mère. Dès lors, les douleurs s'étaient tenues davantage à distance, le malaise avait un nom.

Pour tenter de domestiquer la chronobiologie du chagrin, Xavier avait imaginé cette retraite avec son frère à l'entrée des Cévennes, à la limite du Gard et de la Lozère, à côté du centre de colonie de vacances que leur mère avait fréquenté peu de temps après la guerre. Quelques années plus tôt, il était revenu seul dans la région faire des relevés sur les ouvrages d'art du *Cévenol* et avait cherché la colonie, la découvrant abandonnée mais encore debout, murée dans sa mélancolie muette. La région paraissait bien choisie pour marquer la fin de cette année sans leur mère.

LE SAULE TORTUEUX

Les nuages étaient descendus vers la plaine, le ciel maintenant dégagé permettait à Xavier de reprendre ses recherches. Malgré le poids de son sac à dos, il gravit le dénivelé d'un pas alerte, impatient de confirmer son intuition. À la sortie du sous-bois, le sentier tournait vers le nord et il l'abandonna pour poursuivre plein ouest à travers les prés. Il accéléra en montant à l'assaut du plateau. La direction ne faisait aucun doute puisqu'il pensait marcher dans ses propres traces. En approchant du point culminant, il sentit monter en lui une impatience qu'il reconnut parfaitement. Ses yeux scrutaient le paysage en quête du ruban de marquage qu'il avait tendu la veille entre des piquets de fortune, mais il eut beau plisser les yeux, aucune tache rouge et blanche ne s'imprima sur ses rétines. L'excitation se muait déjà en anxiété.

Xavier poursuivit son chemin jusqu'au talus qui bordait le plateau. Avec un peu d'imagination, on distinguait un replat longitudinal qui pouvait être la plateforme de la voie, cependant il découvrit des ronces à la place de ce qui la veille était en herbe. Il devait se rendre à l'évidence, il ne se trouvait pas là où il croyait être. Son amour-propre commençait à le torturer, la déception le disputait à la honte. Il ne maîtrisait plus ses pas, ses pieds l'entraînaient dans toutes les directions de façon désordonnée, il savait que s'il ne parvenait pas à mettre un terme à son agitation, il finirait par dévaler la pente ou se cogner à une branche d'arbre, comme si se faire mal était inévitable dans une telle situation. Xavier laissa tomber son sac et s'accroupit sur ses talons pour s'enraciner un instant dans le sol et se protéger de ses propres pulsions. Ensuite, il se redressa lentement, écarta les bras face à la pente et entreprit de respirer en fermant les yeux. Cela dura un moment, un rayon de soleil vint caresser son visage comme la main d'une mère contre sa joue.

Il pouvait maintenant évaluer la situation avec un peu de recul et sourit en pensant à Benoît qui l'aurait regardé d'un air étonné, sans rien dire. Des deux frères, Xavier était celui à qui il revenait de montrer une stabilité à toute épreuve, une constance de conduite qu'il ne lui déplaisait pas de mettre à mal de temps à autre, comme s'il affirmait par là son droit à être lui aussi, parfois, imprévisible. Entre eux, les rôles avaient été clairement partagés dès la naissance et il était salutaire de redistribuer les cartes de temps en temps, même si cela était assez illusoire, la réalité reprenant assez rapidement ses droits.

Nés à neuf mois d'intervalle exactement, les deux frères avaient toujours été élevés comme des jumeaux et leur ressemblance physique avait conforté cette supercherie que personne n'avait envie de remettre en question. Il y avait pourtant dans le visage de Benoît une harmonie qui était absente de celui de Xavier. Il était d'une beauté fulgurante, exceptionnelle. S'il est difficile de définir la grâce, c'est pourtant le mot qui s'imposait lorsqu'on rencontrait Benoît. Il avait tout pris et rien laissé pour son frère dont les traits étaient beaucoup plus ordinaires. Cependant, ils se ressemblaient comme des jumeaux, comme les deux faces d'un même médaillon, ce qui ferait dire à Xavier beaucoup plus tard en présentant son frère : "Benoît, c'est moi, en plus beau…" Tout le monde autour d'eux entretenait cette prétendue gémellité mais, paradoxalement, il avait toujours été établi que Xavier était l'aîné, comme l'attestait leur livret de famille. Jumeaux certes, Benoît était le double de Xavier, mais il s'appuyait sur son aîné pour avancer dans la vie. Ainsi, lorsqu'il était devenu indéniable que Benoît n'était pas un enfant comme les autres, cette forme de tutelle avait pris tout son sens.

Xavier laissa son regard courir le long de ce qu'il pensait être l'ancienne plateforme de la voie. C'est vers le nord qu'il avait repéré quelques arbres intrigants. Ils n'étaient pas endémiques et attestaient d'une présence humaine sur ce replat. Il ramassa ses affaires et ralentit volontairement le pas pour savourer son approche. Car à moins de cinq cents mètres il retrouva, intactes, les balises qui marquaient ses sondages de la veille. Il prit le temps de faire ses relevés avec une certaine nonchalance, il savait désormais que ce qui l'intéressait se trouvait au-dessus.

Xavier suivit l'ancienne voie en sondant régulièrement pour s'assurer de la présence des rails. À sa gauche, il repéra un renfoncement dans le talus, envahi par la végétation. En s'approchant, il découvrit entre les troncs des arbustes un terre-plein d'où émergeaient sur trois côtés des soubassements de murs quasiment arasés. Le substrat était trop ancien pour espérer retrouver une plaque avec le nom d'un arrêt, mais il était probable qu'il se trouvât devant ce qui avait été un abri pour attendre le passage du train. Sur le côté, le talus était ouvert en pente douce, mais le taillis de noisetiers était si dense qu'il rendait le chemin impraticable. Xavier s'accrocha aux branches souples pour grimper sur le talus.

Les arbres aperçus tout à l'heure se dressaient maintenant au-dessus de lui. Leur silhouette qu'aucune taille n'était venue domestiquer depuis bien longtemps était imposante. Xavier pensa à Benoît. Petit, il pouvait passer des heures à entourer un tronc de ses bras. Le contact de l'écorce rugueuse semblait l'apaiser. Quelle qu'ait pu être l'intensité de la crise qu'il traversait, tout cessait lorsqu'il se plaquait contre le fût d'un arbre placide.

Face à lui, entre les troncs des tilleuls, noyers et platanes, malgré les buissons d'aubépine, on distinguait nettement les ruines d'un hameau. Xavier circulait parmi les pans de murs où s'étaient accumulés des restes de charpentes encombrés de tuiles brisées. Il distingua un grand panneau de bois qui avait échappé à la pourriture grâce à l'alcôve formée par les moellons d'un mur en s'abattant au creux d'une poutre cassée en deux : était-ce un tableau noir qui refusait de disparaître pour témoigner qu'il y avait eu là une école ? Un peu plus loin, au milieu d'un espace dégagé, il découvrit le puits dont la couverture était encore intacte. Il était probable que la voûte de pierres qui protégeait l'unique ressource en eau du hameau eût vu remonter des seaux de moins en moins pleins jusqu'au tarissement complet de la nappe phréatique.

Xavier repéra une ombre qui s'étirait longuement sur le sol. Il leva les yeux et découvrit non loin du puits un immense saule tortueux qui narguait le hameau de sa ramure désordonnée. À l'évidence, les habitants avaient dû fuir faute d'eau, mais lui avait su pousser ses racines jusqu'à la plus infime poche d'humidité entre les pierres pour prospérer. Xavier crut discerner en cet arbre une certaine arrogance, il y reconnaissait la flamme que l'on distingue au fond du regard des miraculés et qu'il savait parfaitement identifier, celle qui illuminait les yeux de son frère lorsqu'il sortait de scène.

Il y avait dans la vie de Benoît un avant et un après. Ses avancées au cours de l'enfance avaient été plus qu'incertaines et pourtant, son existence s'était stabilisée alors qu'il entrait dans l'adolescence. Son frère était un travailleur acharné, Xavier en était persuadé, mais il n'arrivait pas à percevoir le moment où il avait suffisamment progressé pour prendre la décision qui allait bouleverser sa vie. Benoît avait méthodiquement consacré ses journées à devenir celui qu'il avait choisi d'être. Au début, c'était leur mère qui, le tenant à bout de bras, avait organisé son sauvetage. C'est avec elle que Benoît avait appris à parler, bien après Xavier. Elle avait d'emblée frappé à toutes les portes et avait eu la chance d'avoir accès, grâce à sa vieille amie Ana, à un centre de recherche qui s'était intéressé à Benoît. C'est là qu'ils avaient rencontré une femme en particulier, blonde aux yeux foncés, petite et énergique, Xavier avait oublié jusqu'à son nom maintenant qu'elle avait cessé de s'occuper de son frère. Elle n'était pas médecin, elle travaillait sur l'accès aux apprentissages d'enfants comme Benoît. Elle l'avait filmé pendant des heures, à l'école, dans la rue, à la maison. Les chercheurs qui l'entouraient visionnaient les images au centre, mais c'était toujours la petite femme blonde qui venait à la maison les leur présenter et, en premier lieu, les montrer à Benoît qui avait ainsi appris à se regarder, puis à parler de lui. Elle était devenue l'alliée de la famille et avait accompagné Benoît, mais aussi Xavier, d'une certaine façon, jusqu'à l'âge adulte.

Lorsque Benoît atteignit ses quinze ans, il fut possible d'affirmer qu'il avait progressé de façon significative. Il commença à expérimenter méthodiquement tout ce qu'on pouvait attendre de lui dans le monde environnant, et la découverte du théâtre avait définitivement transformé sa vie. Il serait un autre, puis un autre, puis encore un autre, à l'infini, et cela lui permettrait sans doute un jour d'être lui-même.

Xavier photographia ce qui restait des bâtiments pour redonner une existence à chacune des familles qui avaient probablement fui les lieux. Il tenta de trouver des perspectives qui permettraient d'avoir une vision de la communication entre les maisons. Enfin, il crayonna un plan d'ensemble sur son calepin. Il commençait à concevoir une vague existence pour ces gens qui, un jour, avaient attendu le train sous l'abri en contrebas. Ils allaient au bourg le plus proche, quelques arrêts plus loin, vendre les produits de leur jardin. Parfois, ils s'aventuraient jusqu'à la ville, démarches administratives, achat d'outils ou de tissu. Et puis, tout s'était arrêté, ils avaient dû partir, les quelques kilomètres de voie désormais inutiles avaient été déclassés, les aiguillages démontés en amont et en aval, et chacun avait peu à peu oublié l'époque où les trains étaient passés au pied du plateau une ou deux fois par jour pour desservir le hameau.

Xavier s'assit sur le tronc d'un arbre abattu par la tempête, non loin de ce qu'il pensait être l'école. Il se sentait fatigué, mais heureux. Une fois encore, son intuition l'avait mené au bon endroit. Il pouvait continuer à se rêver *Mécano de la Générale* d'un réseau qui échappait au regard de tous. Sa mère avait une passion pour Buster Keaton et l'avait emmené dans son enfance au cinéma à l'occasion de rétrospectives inoubliables, où le projectionniste enchaînait deux ou trois bobines pour le plus grand plaisir de quelques rares spectateurs. Où était Benoît à ce moment-là ? Sans doute avec leur père en train de coller des timbres dans un album. Très tôt, consciente de l'omniprésence dans leur vie de Benoît et de ses troubles, leur mère avait ainsi cherché à ménager des moments pour Xavier. Souvent cela passait par le partage d'une exposition, d'un film, d'un concert, d'une pièce de théâtre. Grâce à elle, il pouvait aujourd'hui fréquenter toutes sortes de gens et entretenir la conversation qui convenait à l'endroit et au moment. Elle lui avait transmis en peu de mots les codes du monde. Peut-être cela tenait-il à la particularité de Benoît. L'un de ses fils maîtrisait le langage et la pensée de façon normée, elle pouvait donc, avec Xavier, aller droit au but, le nourrir sans grands discours de tout ce qui l'habitait.

Xavier constata avec incrédulité que la hauteur sur laquelle il se trouvait était reliée au réseau mobile.

Il n'y avait plus d'eau, la vie avait disparu, mais les satellites et les relais hertziens l'avaient enserrée dans leurs mailles. Il prenait le temps d'envoyer un bref message au laboratoire avec les coordonnées GPS exactes du hameau afin qu'ils puissent commencer une recherche dans un fonds d'archives quand le signal sonore d'un message texte vint briser la tranquillité des lieux de son tintement artificiel.

> Xavier, un ami cher expose au Carré d'art : vous êtes le bienvenu. Ce serait l'occasion de se revoir ?
> https://www.carreartmusee.com/fr/expositions/actuellement
> Vernissage vendredi à 19 h 00. Peut-être trouverez-vous une locomotive pour descendre des Cévennes ? Si vous me donnez votre patronyme, je vous fais inscrire sur la liste des invités. À bientôt ?
> C., la femme sur le banc

KINDERTOTENLIEDER

La charge émotionnelle des lieux à l'abandon tient principalement à une forme de silence irréversible, contrepoint à ce que l'on imagine de leur sonorité au temps de leur splendeur. Tout est silencieux alentour et pourtant, l'esprit n'en finit pas d'égrener une bande-son au volume étourdissant. Entrez dans un théâtre déserté et vous percevrez des applaudissements, des voix fortes et bien placées, de la musique… Dans une gare transatlantique, les sirènes des bateaux vous envahiront alors que ne résonne plus dans le bâtiment que le bruit de quelque tôle soulevée par le vent. Il suffit d'identifier la fonction du bâtiment et de tendre l'oreille pour écouter ce qu'il raconte.

Les deux frères se retrouvèrent un matin dans le partage de l'instant présent, un moment hors du temps où chacun était à sa place avec, chose plutôt rare, une remarquable équité dans la distribution des rôles. Le centre de vacances était fermé depuis longtemps et, de toute évidence, il ne rouvrirait pas au printemps. La végétation avait repris ses droits, abondante et souple, ajoutant à la poésie des lieux. Devant le grand bâtiment de plain-pied, une cour en graviers était prolongée par d'anciens courts de tennis dont la couleur rose transparaissait entre les brins d'herbe. Sur cet espace encore à peu près découvert s'étaient accumulées, ballottées par les caprices du vent, les feuilles découpées des mûriers platanes d'un jaune safrané. C'est dans ce rectangle aux contours désormais flous que les enfants, aujourd'hui disparus, criaient le plus fort. Il y avait dans la force de leurs glapissements joyeux la volonté de ne pas se laisser oublier.

Sur le côté du bâtiment, dans une partie aux ouvertures haut placées qui avait pu abriter des cuisines, une porte était tombée à plat sur le sol, laissant la voie libre vers l'intérieur. Instinctivement, au moment d'entrer, Xavier prit la main de son frère qui se laissa faire.

Leur mère avait passé plusieurs étés entre ces murs dans l'immédiat après-guerre. Grâce à sa tante Eugénie, elle avait eu accès aux colonies de vacances de la ville de Nîmes et avait ainsi pu quitter Paris l'été qui avait suivi la mort de sa mère. Seule, sans adulte pour lui montrer la voie, elle avait dû faire confiance aux enfants de son âge pour continuer à cheminer dans la vie. Elle avait noué ses amitiés les plus durables dans ce centre de vacances au milieu des Cévennes.

Leurs yeux s'habituant à l'obscurité, les deux frères commencèrent à distinguer des lavabos en tôle. Un unique tuyau en cuivre serpentait le long des deux rangées émaillées en blanc. Xavier se sentait mal à l'aise face à ces vestiges de la pensée hygiéniste des années 1930. Ces longues auges vides lui évoquaient des cercueils d'enfants. Benoît, lui, ne semblait pas perturbé par cette installation sanitaire. Il en fit le tour pour vérifier d'où venait l'eau et où se trouvait la vanne qui permettait de la faire couler simultanément dans tous les lavabos à l'heure de la toilette. Il était d'humeur à parler, on aurait même eu du mal à l'interrompre, et Xavier perçut que son frère ne cherchait pas la même chose que lui à travers ce pèlerinage placé sous le signe de la désuétude. Benoît ne voyait que leur mère dans ce haut lieu de la mémoire familiale. Elle semblait être partout, dans le tuyau de cuivre, sous les lavabos, entre les graviers des courts de tennis. À l'inverse, ce qui intéressait Xavier n'était pas une histoire singulière qu'auraient abrité ces murs, mais ce qui reliait silencieusement les enfants passés par ce centre en béton. Ils avaient eu des destins différents mais avaient partagé les mêmes vacances à prendre des couleurs au bord des cours d'eau voisins, à chanter le soir sous les grands arbres, à se faire peur avant de dormir pour retrouver le lendemain un monde un peu moins effrayant. Dans leur enfance, leur mère leur avait montré les lieux, en passant, mais elle n'avait rien dit sur sa façon de les habiter, elle parlait peu de cette période de sa vie, comme si l'essentiel était qu'elle y ait survécu et qu'elle l'ait dépassée. C'est au détour d'une conversation avec sa vieille amie Ana que Xavier avait compris que sa mère et elle s'étaient rencontrées enfants dans une colonie de vacances au cœur des Cévennes.

Dans le dortoir où les lits en fer étaient toujours garnis de matelas rayés, Benoît demanda à voix haute à quoi l'on pouvait rêver dans ces petites caisses métalliques et l'image de leur mère, qui jusqu'à présent s'était dérobée, s'imposa peu à peu à Xavier. Elle lui apparut nimbée de sérénité, calme face au destin qui s'ouvrait devant elle, souriante, confiante, même.

Penser à ses parents disparus en les situant dans les premières années de leur vie permet de les délester du poids de notre jugement. C'est une façon d'accéder à une époque qui leur appartient pleinement. Nous n'étions pas encore à leurs côtés, et ce que nous avons pu penser d'eux de leur vivant devient accessoire. Ils n'étaient pas nos parents, nous n'étions pas leurs enfants, nous n'attendions rien d'eux. C'est un juste retour des choses de pouvoir, un jour, leur rendre cette liberté.

MÉDIATION DE LA TRANSCENDANCE

Pour toute famille, Ana n'avait qu'une sœur et aucun souvenir. Bien sûr, elle savait être née dans une famille allemande, en 1941, mais cela ne figurait plus que sur ses papiers d'identité. Sa sœur avait sept ans de plus qu'elle et avait pu reconstituer à son intention quelques éléments des mois qui avaient entouré sa naissance. Ana avait tout mémorisé, précieusement, pour y revenir lorsqu'elle en avait besoin. C'était son trésor, la preuve qu'un jour il y avait eu de l'amour autour de l'enfant qu'elle était.

Comme beaucoup d'autres, Ana avait le sentiment étrange de ne pas avoir d'histoire singulière tant la sienne ressemblait à celle de tous ceux qui l'entouraient. Il n'y avait pas de traces, en particulier aucune photo, qui permettent de donner des visages à ceux qui l'avaient désirée et aimée, rien n'autorisait l'accès à une intimité familiale. Emportée dans le tourbillon d'une barbarie aveugle, il lui avait fallu survivre, avant tout. Fréquenter des survivants lui permettait d'échapper aux mots. Chacun partageait une expérience très similaire. La question était de décider ce qu'on allait en faire pour construire une vie.

Cette réponse, Ana avait eu la chance de la trouver en arrivant dans une nouvelle communauté. Cela n'avait pas étanché sa soif d'amour, mais sa quête du savoir l'avait supplantée pour quelque temps. La priorité avait d'abord été de grandir. Devenue adulte, elle avait eu accès aux archives du centre dans lesquelles étaient consignées toutes les observations sur les enfants accueillis. Cela lui avait permis de reconstituer la chronologie qui lui avait échappé, mais aussi de comprendre dans quelles conditions elle était arrivée en Israël. Au commencement, elle était une enfant mutique qui ne s'alimentait plus et restait prostrée, cherchant l'obscurité. Adulte, elle avait interprété les choses à sa façon et déduit qu'elle avait cherché à gommer toute trace d'humanité en elle, se conformant inconsciemment au grand projet de ceux qui avaient détruit son existence. Par quel miracle d'autres humains s'étaient-ils penchés sur elle ? Elle ne se l'expliquait toujours pas. On l'avait prise par la main et ramenée vers la lumière. On lui avait fait percevoir que la plus haute des facultés humaines était la connaissance.

Devant le lourd rideau tombé sur sa mémoire, une vie d'enfant se découpait en ombres imprécises. Cela se passait dans le Sud de la France. C'est à Nîmes qu'elle avait attendu patiemment que ses parents reviennent la chercher comme ils le lui avaient promis. L'endroit était agréable, une grande maison avec un jardin qui avait été autrefois la résidence d'un peintre. Au printemps, on allait se baigner dans les rivières, l'été on partait en colonie de vacances dans les Cévennes où l'on retrouvait des enfants qui n'habitaient pas la maison, avaient des parents, des frères et sœurs. À l'orphelinat de Nîmes, entourée des autres pensionnaires, elle avait pris son mal en patience, car elle avait plus de chance qu'eux, nés sous X ou ayant perdu leurs parents sous des bombardements. Ana était donc entourée d'orphelins, elle aimait ce mot qui faisait un peu peur rien qu'à le prononcer, mais qui ne s'appliquait pas à elle, puisqu'elle avait un père et une mère qui reviendraient. La maison était tenue par des diaconesses qui affichaient sans prosélytisme leur foi réformée. Peu d'enfants de la maison étaient protestants, mais ceux qui le souhaitaient pouvaient assister au culte du dimanche. Certains soirs, un vieux pasteur venait parler de Dieu, Ana aimait bien l'écouter, cela renforçait sa conviction que quelqu'un au ciel veillait sur ses parents, traçant des chemins sur terre qui convergeaient vers la maison de Nîmes afin qu'ils puissent la retrouver et la serrer dans leurs bras.

Et puis l'inconcevable advint, et Ana commença à douter que son destin intéressât quiconque là-haut. C'était le 5 août 1947, dans les Cévennes où elle séjournait depuis quelques semaines, le directeur de la colonie de vacances s'était approché du court de tennis où elle jouait à la marelle. À son air, Ana avait immédiatement compris qu'il se passait quelque chose de grave.

On la conduisit jusqu'à Nîmes où l'attendaient, dans la grande maison alors vide d'enfants, un homme aux cheveux gris et une femme avec un chignon, tous deux bien habillés, accompagnés d'une jeune fille en robe à fleurs. Le cœur d'Ana bondit dans sa poitrine lorsqu'elle crut avoir retrouvé sa famille, mais son regard se heurta à ceux des inconnus et l'onde de la tragédie la submergea immédiatement. La chute fut vertigineuse. Ana sombra dans un brouillard épais duquel ne ressortirait, bien plus tard, qu'un seul mot, "exterminés". Il fallut hospitaliser la petite fille, mais la dépression infantile ne faisait pas encore partie des préoccupations de la psychiatrie.

Bien des mois après, Ana comprendrait enfin que la jeune fille à la robe à fleurs était sa sœur. Lorsqu'elle perçut le lien qui les unissait, elle était dans un territoire sous mandat britannique qui, pour très peu de temps encore, s'appelait la Palestine. C'est là qu'elle se choisit une nouvelle appartenance, celle de l'esprit, de la pensée, de l'intelligence. Chacun s'occupa d'elle comme une famille aimante et lui montra le chemin de la transcendance, ce qui la sauva. Puis, lorsqu'elle fut capable d'avancer seule, elle apprit à concevoir une alternative optimiste à chaque événement et façonna ainsi sa vie future.

Un an plus tard, cette terre qui lui avait permis de revenir à la vie changerait de nom et deviendrait un nouveau pays, mais elle ne parvint pas à se sentir concernée par ces développements de l'histoire. Les discours belliqueux qui les avaient accompagnés lui restaient étrangers. Bien sûr, elle avait eu peur, souvent, elle n'était ni plus forte ni plus inconsciente qu'une autre, mais elle avait toujours fait en sorte que ce sentiment reste intérieur, fuyant les manifestations de terreur collective. Ce pays d'accueil qu'elle aimait n'était pourtant pas sa patrie, ce l'était devenu parce qu'elle se trouvait déjà là en 1948. On lui avait accordé la nationalité israélienne, mais cela restait très abstrait, comme un méandre du fleuve géopolitique qui avait transformé son refuge, l'endroit où elle avait réappris à tenir debout, en un pays qui lui conférait une nationalité différente de celle de sa naissance. Pourtant, c'était bien sa vie qui s'était déroulée au milieu de ce paysage et elle y avait adhéré sans retenue. Elle avait voulu rendre ce qu'on lui avait donné et elle y était plutôt parvenue, pensait-elle. En témoignaient les faire-part de naissance de la troisième génération d'enfants qui arrivaient dans sa boîte aux lettres sans qu'elle parvienne vraiment à identifier les familles, mais dont elle supposait, chaque fois, qu'ils étaient les petits-enfants de ceux dont elle s'était occupée au début de sa vie professionnelle.

Quelques semaines après son arrivée en Palestine, elle perçut enfin les caresses de sa sœur dans ses cheveux un matin au réveil. Elle regarda autour d'elle le dortoir bien propre et comprit qu'elle était encore vivante. On la laissait dormir aussi longtemps que nécessaire, tous les lits étaient vides, les draps et les couvertures bien tirés, le plancher avait été balayé en silence pour ne pas la déranger. Sa sœur l'emmena jusqu'au robinet installé à l'extérieur sur la terrasse pour faire sa toilette. Elle sentit pour la première fois la fraîcheur de l'eau sur sa peau. Le soleil inondait déjà les collines désertiques d'une lumière orangée. Ana sut que sa vie se déroulerait là, dans ce paysage immémorial où était née une pensée transcendante que des humains avaient voulu ériger en religions monothéistes.

Plus tard, déjà sur la voie de la reconstruction, Ana avait voulu retrouver la presque jeune fille qui jouait avec elle à la marelle lorsqu'on était venu la chercher au centre de vacances pour la placer face à l'innommable. Miraculeusement, sa mémoire n'avait pas effacé ce souvenir. Elles s'étaient envoyé des photos et avaient commencé à reconstituer des souvenirs communs en échangeant de longues lettres.

Bénédicte voulait tout savoir de sa vie en Israël, ce pays que les journaux de gauche plaçaient en tête de leurs pages d'actualité internationale. Ana lui posait mille questions sur Paris qui la faisait rêver et serait le théâtre de leurs retrouvailles quelques années plus tard.

Son état de santé à son arrivée en 1947 l'avait en quelque sorte protégée. On considérait qu'elle était atteinte d'une pathologie psychique invalidante et à ce titre, Ana avait eu la chance d'intégrer un site d'accueil spécialisé éloigné des frontières. La vie y était plutôt paisible, elle avait été entourée de prévenance, ses progrès constituaient une source de joie pour chacun, elle était au centre des attentions. Aaron qui deviendrait plus tard son compagnon lui avait parlé des programmes intensifs de développement physique et de l'entraînement à l'usage des armes, de la peur la nuit derrière la ligne de sacs de sable où l'on entendait siffler les balles. Il avait quelques années de plus qu'elle et, déjà adolescent, il avait vu mourir l'un de ses camarades qui s'était aventuré la nuit au-delà du retranchement. D'autres avaient perdu une jambe ou un bras.

Avec le temps, Ana avait étudié, s'était mise à écrire, était tombée follement amoureuse, s'était mariée, avait trouvé un travail, un appartement et noué de solides amitiés dans le milieu intellectuel qui constituait l'environnement de son couple. Ils avaient eu la chance de pouvoir s'installer au dernier étage d'une maison Bauhaus d'Haïfa avec des balcons couverts d'où elle contemplait le port. À l'arrière, côté cuisine, le paysage s'était peu à peu transformé, elle avait vu des immeubles sortir de terre, des routes couvertes d'asphalte sombre serpenter entre les poteaux de l'éclairage urbain. L'eau jaillissait partout et, à partir des années 1980, les cages des escaliers de service s'étaient couvertes de climatiseurs, preuves irréfutables que le monde nouveau était en marche. Son paysage avait changé, mais il restait toujours une perspective, une ouverture entre deux bâtiments pour lui rappeler les paysages de son retour à la vie.

Elle n'avait jamais cessé de fréquenter sa nouvelle famille, constituée de ceux qui l'avaient accueillie en Galilée. Devenue une jeune femme, elle entretenait une correspondance régulière avec Reuven Feuerstein lorsqu'il était en Europe, l'équipe du centre où elle avait été recueillie l'avait guidée et soutenue pendant ses études de psychologie du développement. Dans un premier temps, sa sœur, qui était devenue enseignante à Tel Aviv, lui adressait des enfants en difficulté. Et puis, bien plus tard, après la mort d'Aaron, elle avait, pour surmonter cette épreuve, intégré l'International Center for the Enhancement of Learning Potential* à sa création. Deux fois par mois, elle prenait sa voiture pour retrouver l'équipe. Et pendant le trajet, dans l'espace confiné du véhicule Aaron l'accompagnait, pointant pour elle chaque détail remarquable du paysage, comme il l'avait toujours fait.

Dans ses derniers jours, Aaron ressemblait à un enfant confiant qui s'en remet aux bras de ses parents. Ana l'avait accompagné jusqu'à son dernier souffle, et la félicité d'être avec lui, l'enveloppant dans un cocon de tendresse, avait compensé la douleur de

* Centre de développement du potentiel d'apprentissage (ICELP) créé en 1992 à Jérusalem.

le perdre inéluctablement. Et puis, il était mort. Comme toujours lorsqu'elle traversait une période difficile, Ana avait décidé d'apprendre une nouvelle langue. Le plus compliqué avait été de choisir laquelle. Elle s'était inscrite sur le site d'une célèbre méthode audiovisuelle et face au menu déroulant indiquant toutes les offres, elle avait hésité. Elle s'était tournée vers la bibliothèque et avait laissé courir ses doigts sur les cartes de son vieil atlas. Son instinct la ramenait sans cesse à l'Amérique latine, du côté de l'Argentine d'où la famille d'Aaron était originaire, mais elle maîtrisait déjà bien l'espagnol, il lui fallait trouver autre chose. Elle remonta vers le froid et, arrivée à la Scandinavie, elle avait un peu tergiversé avant de choisir une formule d'essai de trois mois pour apprendre le danois afin, qui sait, de lire Karen Blixen dans le texte. Ana avait décidé de s'occuper l'esprit avec des phrases surgies d'une réalité très éloignée de la sienne.

Bénédicte n'avait pas pu faire le déplacement, mais elle l'avait appelée et lui avait proposé de venir la voir en France dès qu'elle aurait réglé tout ce qui devait l'être. C'est ainsi qu'Ana avait retrouvé Paris où elle ne s'était plus rendue depuis une dizaine d'années. Elles avaient parcouru la ville à pied pendant des heures, échangé mille choses du présent et étaient parvenues à ne pas sombrer dans le ressassement du passé, ce qui n'était pas si facile à leur âge. Elles avaient commenté le dernier rapport annuel d'Amnesty International, la politique étrangère de Donald Trump et le transfert de l'ambassade des États-Unis vers Jérusalem. Ana avait aussi retrouvé Xavier et Benoît. Évidemment, c'était le cadet qui avait le plus marqué sa mémoire. Son évolution était incroyable, elle n'aurait jamais osé poser un tel pronostic lorsqu'il était enfant, étant donné l'intensité de son trouble. Force était de constater que Benoît vivait désormais comme tout le monde, en apparence en tout cas, et n'attirait, lorsqu'il se promenait dans la rue, qu'une indifférence bien méritée tant elle était le fruit d'un très long travail. À eux tous ils avaient réussi ce prodige, offrir à Benoît une vie d'homme libre et autonome. Ana avait fait jouer tous ses réseaux et toutes ses connexions en Europe, Bénédicte avait mis en œuvre jour et nuit ce qui était préconisé par les uns et les autres, Benoît avait compris assez vite l'enjeu de tout cela et il s'était engagé avec courage sur le chemin qu'on lui proposait. Lors de ce même séjour à Paris, elles étaient allées voir Benoît au théâtre. Dans le noir, Bénédicte formait sur ses lèvres chacun des mots qu'il prononçait et Ana avait pleuré d'émotion tout du long.

Ana s'installa confortablement dans un fauteuil sur le balcon, celui qu'Aaron accaparait toujours, face au port. Elle jeta un œil aux empilements de conteneurs colorés qui montaient et descendaient, charriés par les portiques bleus ressemblant au jeu de construction d'un enfant géant. Aaron, lui, y voyait une sorte de Sisyphe moderne, ce qui était infiniment plus philosophique…

Ana ouvrit la boîte en bois avec les fermoirs métalliques qui contenait ses photos. Une grosse enveloppe marron protégeait celles de son passé avec Bénédicte, elle trouva le faire-part de décès envoyé par Xavier et le déroulement de la cérémonie avec les lectures et les cantiques. Ana avait accepté de dire quelques mots. Elle avait choisi d'évoquer une vie au service des autres, ses enfants bien sûr et tous les autres, connus ou inconnus. Avec Bénédicte, être une femme de gauche avait encore un sens.

JE TE VOIS (1)

Photo n° 1
Boulevard Saint-Michel, Paris 5e.

Ma mère est vêtue d'un ample manteau en velours côtelé ceinturé à la taille. Il y a une profondeur duveteuse du tissu entre les sillons qui est tout à fait remarquable. Si l'on suit l'une des côtes, la pulpe du doigt est parcourue de frissons désagréables. Je dirais que le manteau est marron, même si la photo est en noir et blanc, une sorte de brun Van Dyck, le 407 de chez Sennelier. Avec des reflets rosés si les poils du velours sont mal lissés. L'image qui me vient ici est celle de mon refuge, le vêtement pareil à celui-ci sous lequel je me cachais enfant lorsque nous sortions dans la rue et que j'étais encore assez petit pour tenir entre ses pieds et sa taille.

On devine sous le velours foncé l'ampleur d'une jupe corolle. L'allure est dynamique, elle serre contre sa hanche une petite serviette de cuir foncé, ce qui donne à sa silhouette une vibration de farfadet. La jeune femme semble avancer en arabesques et sourit à l'objectif. Il est probable que le photographe n'est autre que le jeune homme qui deviendra plus tard mon père et qui n'est peut-être même pas encore son fiancé, c'est ce que laisse supposer son regard. Elle doit avoir vingt ou vingt et un ans et je ne peux m'empêcher de me demander aujourd'hui ce qu'elle entrevoit de son avenir.

Supposons que la scène se situe quelques mois avant l'annonce de la maladie de son père. "Papa", comme elle l'avait appelé jusqu'à sa mort, est encore à Moundou au Tchad, au bord du Logone. Le processus de décolonisation est en marche, il le sait. La fin de l'Indochine française, le début de l'insurrection en Algérie, la conférence de Bandung, puis la loi Defferre… l'Empire colonial français a entonné son chant du cygne. L'administration lui a indiqué que le moment venu, il serait reclassé dans une sous-préfecture en métropole. Il sait qu'il faudra partir et il attend le signal, espérant échapper à la probable flambée de violence des derniers mois de la colonie. Il prépare sans doute déjà son départ, il souhaite que les choses se passent en douceur.

Ma mère jouit donc d'une certaine liberté. Elle fait ses études à la Sorbonne et ses résultats la mettent à l'abri d'un contrôle trop étroit de la part du réseau familial chargé de veiller sur elle à Paris. Elle vit dans un foyer de jeunes filles derrière le Panthéon et, tant qu'elle rentre à l'heure fixée par le règlement intérieur, elle ne s'attire pas d'ennuis.

Mon père est logé au lycée Henri-IV où il est surveillant de dortoir. Entre eux, quelques rues seulement. Ses parents sont restés dans sa Bretagne natale et lui aussi est libre comme l'air, puisque tous les ans il est reçu à ses examens et finira, comme elle, par préparer l'agrégation.

Leur rencontre n'appartient qu'à eux, mais elle ressemble sans doute à toutes les rencontres amoureuses. Il y a des signes, l'impatience de se retrouver, les amis communs qui permettent de communiquer sans se dévoiler, "T'a-t-il parlé de moi ? Qu'est-ce qu'il a dit ?", des rendez-vous côte à côte sur un banc, au jardin du Luxembourg ou au square de Cluny. On peut penser que la photo a été prise le long de ses grilles, juste avant le croisement avec le boulevard Saint-Germain.

J'avais conservé dans ma mémoire *une trace de cette image sans doute aperçue lorsque je fouillais dans la boîte à photos tapissée de tissu à fleurs. Vers dix ans, je me posais sur la moquette au pied de la grande table et je fouillais, scrutais les images fascinantes d'un passé dont j'étais absent. Mes parents me laissaient faire car cela me calmait et ils pouvaient alors vaquer à leurs occupations ou s'occuper de Xavier.*

Depuis, mon frère a retrouvé ce cliché et il me l'a apporté. Il m'est apparu que mon père se trouve également sur l'image, ils sont côte à côte dans un même mouvement harmonieux, ils avancent ensemble vers l'avenir.

Pourtant, ce que ma mémoire a retenu, c'est elle, seule, en noir et blanc, une photo de mode, un mannequin qui pose pour l'objectif, qui joue avec lui, cherchant à maîtriser l'image qui sera immortalisée. Quelle image souhaite-t-elle laisser sans savoir encore que j'en serai l'un des dépositaires ? Je pense qu'elle fabrique à notre intention le portrait d'une jeune femme libre. Comme je l'ai dit, son allure est dansante, la photo coupe les jambes à mi-mollets, mais on peut supposer qu'elle porte des ballerines ou des chaussures à tout petits talons, de celles que l'on met pour aller au bal.

Dans le peu d'informations que ma mère m'a livrées, la danse tient une place à part. Un jour, elle m'a dit qu'avant son mariage, elle aimait particulièrement danser lorsqu'elle avait la chance d'être invitée aux soirées du faubourg Saint-Germain. Chaque fois qu'elle avait pu, elle s'était adonnée à ce plaisir mais, après son mariage, mon père n'aimant pas danser, elle avait arrêté.

C'est sans doute un cadeau qu'elle avait voulu me faire, ce jour-là. Pour m'indiquer que la vie n'est pas rectiligne, elle m'avait offert l'histoire d'une jeune femme pas encore attachée à s'occuper de moi. Elle avait peut-être aussi voulu partager simplement avec moi la passion de la danse, m'inciter à me lancer dans la ronde, me vanter la légèreté inégalée de ces instants où le corps s'accorde à la musique. Et pourtant, elle savait bien que ce serait compliqué pour moi, tellement de codes à maîtriser concomitamment.

Comment ma mère voyait-elle son avenir lorsque la photo a été prise ? Pensait-elle seulement au mariage ? Imaginait-elle fonder une famille ?

Il est probable que son histoire familiale l'incitait à rechercher une forme de stabilité et je crois qu'à l'époque, lorsqu'on était amoureuse, le mariage représentait un refuge naturel, un cocon de tendresse et de chaleur, un abri contre les mauvais coups. C'est d'ailleurs à l'une de ces cérémonies qu'elle rencontra mon père, ami du fiancé. À l'époque, sa priorité allait sans doute aux études, considérées comme un moyen de gagner un jour sa vie, d'être indépendante. Très tôt, après la mort de sa mère et le retour de son père en Afrique, elle dut comprendre qu'il lui faudrait se débrouiller par elle-même et il est probable que ce fut pour elle un puissant moteur. Cela explique sans doute pourquoi elle quitta le monde universitaire à l'âge de vingt-trois ans pour entrer dans la vie active. Jamais elle ne manifesta de regrets à ce propos, comme si les sujets d'étude auxquels elle s'était confrontée n'avaient été que les marches de l'escalier qui lui permit de devenir indépendante. Elle transmit à plusieurs générations d'élèves sa passion pour les grands textes du patrimoine littéraire, avec une préférence avouée pour le XVIIIe siècle et particulièrement pour Voltaire et Rousseau, enseigna le latin et le grec, mais ne relut jamais Thucydide dans le texte, ne nous emmena pas tous les étés dans le Péloponnèse et à aucun moment elle n'envisagea de mener un travail de recherche sur un pan inconnu de la correspondance d'un auteur du Siècle des lumières.

Son éducation lui avait enjoint la modestie et ses ambitions se trouvaient sans doute ailleurs.

CIRCULATION

Le froid était arrivé, Xavier sentit la chaleur humide de son corps se répandre sous la couche étanche de ses vêtements et courir le long de son épiderme, plantant parfois de minuscules aiguilles entre deux terminaisons nerveuses. Il était sûr de sa destination et de son corps qui ne l'avait jamais lâché, les muscles entraînés de ses jambes le portaient à l'assaut de la pente. Les prairies avaient reverdi avec les pluies de début d'automne, une petite gelée poudrait l'herbe et la vue de cette nappe de fraîcheur laiteuse provoquait un léger frisson le long de son épine dorsale. L'air froid entrait dans ses narines et coulait en volutes imprécises dans son larynx où la chaleur le dilatait. Il avait le sentiment qu'il y avait trop d'air, ses poumons ne faisaient plus face, mais il continuait d'avancer. Il fallait tenir encore car il n'avait pas fini de documenter le secteur.

La présence du hameau sur la crête n'était plus qu'à peine perceptible, cependant repérable par Xavier. Les couleurs rabattues du paysage ne permettaient pas de distinguer à cette distance les branches nues du saule tortueux et de ses congénères. Le gris du ciel atténuait toutes les nuances et lissait les reliefs. Pourtant, sur le replat derrière la ligne d'arbres, des pierres qui croulaient sous leur propre poids attestaient que des humains avaient vécu en ces lieux. Xavier était venu ici faire son travail, repérer au milieu de paysages naturels les indices d'une présence humaine. Le laboratoire avait recoupé ses données de terrain avec les archives et le résultat était encourageant, il tenait sans doute quelque chose. Ils projetaient de terminer la documentation avant les premières neiges. Ensuite, ils laisseraient le paysage retourner à sa paisible immobilité, les excavations disparaîtraient sous une couverture blanche et aérienne.

Il se trouvait face à une ligne à voie unique et cette artériole qui déviait de la ligne principale ramenait nécessairement au flux principal. Un aiguillage en amont et un autre en aval avaient dû être aménagés pour permettre la manœuvre. Puisqu'il avait la chance de se trouver sur un tracé qui n'avait pas été déferré, il pouvait suivre la fonte grâce à son détecteur de métal. Xavier progressait à grandes enjambées et son appareil lui renvoyait un signal régulier. Il pressa le pas, pris d'euphorie, les buissons s'agrippaient à ses jambes de pantalon, mais il avançait. De la plateforme, il dominait la plaine en contrebas. Le léger brouillard du matin montait vers le ciel, découvrant des champs en attente d'un nouveau cycle. Les eaux des rivières étaient boueuses et la force du courant les couronnait d'écume blanche. Xavier plongea dans la griserie propre à cette solitude si particulière que l'on ne connaît qu'en pleine nature. Ses sens étaient exacerbés, il était traversé de visions qui transcendaient la rationalité. Si tout se passait bien, Benoît devait être en train d'écrire derrière la fenêtre de sa chambre, et Xavier se demandait ce que le vol lent des nuages derrière le carreau lui murmurait. Absolue solitude attribuée ordinairement au créateur dont Xavier avait le sentiment de se rapprocher, tenaillé par le froid. Chaque fois, lorsqu'il se mettait en route, subissant la frénésie de ses jambes, il ressentait un léger creux au fond de son ventre, un sentiment irrationnel qui le renvoyait à des peurs primaires, obscurité, animaux sauvages, intempéries. Mais surtout, il envisageait ce qui se passerait si son corps le lâchait. Il se voyait, obligé de s'allonger dans l'herbe, terrassé par un infarctus et constatait que son visage se trouverait tourné dans l'exacte direction d'un ciel infini. Cette fin lui semblait acceptable et son anxiété refluait.

Brusquement, le détecteur de métal n'émit plus aucun signal. Xavier vérifia la batterie, s'écarta un peu du tracé d'un côté puis de l'autre, revint en arrière. Pas de doute, les rails s'interrompaient et pourtant à l'œil nu on percevait que la plateforme continuait sur quelques kilomètres. Il était probable que la voie avait été déferrée en partant de l'aiguillage et que le chantier s'était interrompu, de guerre lasse. Les éléments, la saison avaient peut-être joué un rôle. Et au printemps suivant, on avait oublié cette fonte précieuse qui aurait pu se négocier un bon prix chez le ferrailleur.

À quelques mètres devant lui, Xavier creusa le sol. Sous les mottes d'herbe et l'humus, le sol devint plus sablonneux et enfin, son outil écorcha le ballast. Il effectua alors une saignée en diagonale dans la plateforme, mais son piochon ne rencontra rien, plus de traverses, plus de fonte. Il poursuivit sur quelques centaines de mètres, sentant déjà que l'objet de sa recherche lui échappait. Le tracé de la voie était de plus en plus flou. Pour la déferrer, les ouvriers avaient dû accéder avec des engins. Les allées et venues des pneus avaient sans doute fini par mettre à mal la rectitude du terrassement. Impossible de déterminer l'emplacement de l'aiguillage. Découragé, Xavier pressentit qu'il ne parviendrait pas à mettre au jour l'empreinte d'un réseau qui distribuait de la vie, car c'est bien ce dont il s'agissait. Il avait abandonné l'artère principale pour chercher le retour veineux qui l'y ramènerait et il avait échoué.

Xavier posa son sac dans les buissons et s'approcha du talus. Des taillis de figuiers attirèrent son regard. Au sol, les grandes feuilles découpées s'étaient entassées, jaunes et molles. Mais ayant trouvé un obstacle à leur chute, certaines étaient restées suspendues au sec et ne s'étaient pas encore décomposées. Xavier s'approcha et, d'un geste de la main, les balaya. Sous sa paume, le contact rugueux d'une pièce de bois mit ses sens en éveil. Il recula et perçut la forme d'un chevalet abandonné en bout de voie. Il se trouvait donc face à un heurtoir dont les éléments métalliques avaient dû être emportés, ce qui modifiait totalement son hypothèse de départ. La voie unique ne rejoignait pas la ligne principale en deux points car elle finissait en impasse, un tiroir de manœuvre y ayant été aménagé. Cela signifiait qu'il était arrivé au point le plus haut en amont du branchement. Xavier était parti dans le mauvais sens. Obsédé par l'idée de trouver une double communication avec une voie principale, il s'était enfermé dans sa représentation d'une configuration en tracé parallèle qui le mènerait jusqu'au viaduc de Chamborigaud, sans imaginer que le hameau avait pu être desservi par une voie en impasse. S'il redescendait vers l'aval, il devrait trouver le raccordement à l'artère principale et ainsi, il aurait enfin documenté l'ensemble de la voie.

Sur ce dernier tronçon, deux voies parallèles avaient été aménagées, destinées au passage de la motrice pour aller se replacer en tête de convoi. Au moment du déclassement, l'exploitant du réseau avait évalué le poids de fonte et s'était contenté de retirer les éléments les plus lourds, le tronçon en double voie et son aiguillage qui constituaient le tiroir de manœuvre. Xavier mesura la distance jusqu'aux rails de la voie unique pour avoir une idée de l'ampleur de l'ouvrage et il rentra envoyer ses conclusions au laboratoire.

À la descente, Xavier se laissa gagner par l'euphorie. Ses errances ne comptaient plus, le terrain l'avait finalement laissé percer son secret et le chemin pour y parvenir, pour fatigant qu'il eût été, n'était d'aucune importance. Chaque fois, il se sentait comme un pêcheur qui en fin de journée a relâché toutes ses prises au fur et à mesure et croit donner rendez-vous aux poissons le lendemain en rangeant ses gaules. C'était un jeu entre le paysage et lui et il n'y aurait jamais de vainqueur. La principale différence avec un archéologue mettant au jour les vestiges d'un site antique encore inconnu résidait dans la formulation d'hypothèses quant à la fonction des lieux. Pour Xavier, il n'y avait aucun mystère, une voie de chemin de fer servait nécessairement à faire passer des trains, et ayant beaucoup étudié les techniques de construction ferroviaire entre la fin du XIXe et le début du XXe siècle, il pouvait se faire une idée assez précise du chantier. Mais comme l'archéologue, il se demandait toujours pourquoi ces travaux titanesques avaient été entrepris et pourquoi ce tracé, et pas un autre, avait été retenu.

Une fois qu'il avait examiné le relief, pointé méticuleusement les courbes de niveau, effectué une coupe en long de l'ensemble du tracé, il n'en demeurait pas moins que quelque chose échappait à la rationalité. Face à un terrain dont il avait nettement identifié les contraintes techniques, la variété de réponses le laissait toujours incrédule. La mise en œuvre des travaux et leur coût ne suffisaient pas non plus à expliquer certains choix. Sur la portion de voie dont le tracé lui était confié, chaque ingénieur imprimait sa marque, son propre style. Avec le temps, Xavier avait fini par se demander si certaines décisions n'étaient pas imputables à la vanité, au goût du défi ou tout simplement à l'humeur de l'un ou l'autre. Il s'agissait d'un jeu entre l'homme et le paysage, le premier tentant d'apprivoiser le second qui se laissait faire un temps, mais reprenait sauvagement des droits dès le retour du silence. Une partition subtile entre la végétation et les intempéries permettait au paysage d'effacer plus ou moins rapidement les traces humaines. Et finalement, ce que cherchait Xavier, ce n'était pas tant de mettre au jour d'anciens rails en fonte que de témoigner de la dispute infinie entre l'homme et le paysage. Cette lutte se jouait souvent à armes inégales, mais il y avait du génie et de l'acharnement dans les deux camps.

SOLITUDES AU CARRÉ

Allongée sur le ventre en travers du lit sur les draps blancs repassés à l'excès, les jambes repliées, Clara frissonna brièvement. Posé sur le côté en chien de fusil, les jambes en crochet emmêlées à celles de Clara, Xavier ramena un pan du drap sur elle, mais elle n'avait pas froid. Aucun des deux ne fumait, aucun des deux ne parlait, chacun savourait la surprise de l'instant.

En se rendant à ce vernissage, personne n'avait prévu la façon dont la soirée se déroulerait, dans un mouvement naturel et harmonieux. Xavier avait emmené Benoît avec lui et, arrivant dans cette grande salle ouverte sur le hall, il s'était d'emblée inquiété du niveau sonore qui risquait de gêner son frère. Pourtant, ce dernier ne s'en était pas soucié, il avait commencé à faire méthodiquement le tour de la salle, se postant devant chaque toile un nombre calculé de secondes. Les expositions, il connaissait, il avait les codes.

À leur arrivée, Clara était en grande discussion avec un homme qui semblait être l'artiste, elle avait fait un signe de la main à Xavier. À côté d'elle un homme aux cheveux bouclés et au teint très mat dominait de sa stature le petit groupe d'invités.

Rapidement, Clara s'était libérée de ceux qui l'accaparaient pour rejoindre Xavier et elle ne l'avait plus quitté. C'est pourquoi ce dernier n'avait pas remarqué que l'homme aux cheveux bouclés s'était progressivement rapproché de Benoît pour engager la conversation devant les tableaux.

Henry n'avait rien calculé, il avait simplement dit ce qu'il ressentait, dans un langage étrange qui échappait à toute logique. L'homme lui avait répondu sur un mode très proche, usant de mots isolés davantage que de phrases. Ils avaient ainsi fait le tour de la salle en un jeu improvisé qui recélait pour Henry une charge érotique extraordinaire tandis que Benoît n'y voyait qu'une façon assez agréable de parcourir une exposition. Les attendus étaient clairs, il fallait trouver des mots en lien avec ce qui était sur la toile, les règles du jeu étaient simples et souples, on pouvait dériver assez loin, cela lui convenait. Lorsqu'ils avaient croisé Clara et Xavier, le dialogue avait été étonnant.

"Xavier, je vous présente mon frère, Henry.

— Clara, laissez-moi vous présenter mon frère, Benoît."

C'est là que ce drôle de carré humain avait pris forme, dans un éclat de rire auquel Benoît était parvenu à prendre part.

Ils avaient arpenté l'exposition encore un moment, juste ce qu'il fallait pour être polis, et puis ils étaient sortis dans la nuit sur l'avenue vide. Arrivant aux arènes, ils s'étaient engouffrés dans une brasserie.

La conversation avait ressemblé à une promenade à bicyclette, chacun se glissant facilement dans le sillon des propos de l'autre. Xavier avait remarqué que Benoît participait aux échanges, Clara et Henry lui laissaient le temps nécessaire, se gardant bien de lui couper la parole, et cela semblait relativement naturel. Il y avait des pauses, Benoît en profitait pour former sa pensée et l'exprimer. Henry le couvait du regard et, Benoît semblant y voir une sorte d'encouragement, il prenait davantage de risques oratoires que d'habitude.

En sortant, Clara annonça qu'elle accaparait Xavier pour une promenade le long des quais de la Fontaine. Ainsi, il avait vu s'éloigner sur le trottoir du boulevard Victor-Hugo les silhouettes étrangement bien assorties de Benoît et Henry. En y repensant, il constata avec étonnement qu'il ne s'était posé aucune question à ce moment-là.

Clara s'était serrée contre lui et Xavier avait tout oublié. Un peu plus tard, lorsqu'ils passèrent devant un hôtel, ils y entrèrent comme deux enfants déterminés.

Henry et Benoît étaient allés directement à l'appartement et le frère de Clara avait organisé une visite des lieux, éclairant avec méticulosité la fonction de chaque chose et sa provenance. Il avait ensuite proposé à Benoît de s'asseoir dans le canapé du salon, avant de préparer de la tisane et deux bols. Henry parla beaucoup de lui pour mettre en confiance Benoît. Celui-ci posait des questions assez naïves ou étalait avec candeur des connaissances encyclopédiques lorsqu'un mot lui évoquait quelque chose de connu.

Benoît se sentit suffisamment à l'aise et Henry l'écouta. Vers sept ans, Benoît ne pouvait s'endormir sans se balancer comme sur un cheval de carrousel, à genoux sur son matelas face au mur, les mains accrochées à la tête de son lit. Il montait et descendait le haut du corps, sa tête venant dangereusement frôler la cloison à mesure qu'il prenait de l'élan, sans jamais la toucher cependant. Toutes les tensions de la journée étaient convoquées dans cette sorte d'exutoire et Benoît finissait par s'effondrer, épuisé, sur le lit où il s'endormait. Quelques années après, Benoît avait pris conscience du bruit qu'occasionnait ce rituel lorsque la tête de lit cognait contre le mur, et l'avait alors fait évoluer pour plus de discrétion. Il s'endormait désormais en tournant sa tête de droite à gauche sur l'oreiller. Avec une régularité de métronome, son cou roulait, entraînant le poids de son crâne sur une oreille, puis sur l'autre. Parfois, dans la journée, lorsqu'il était angoissé, il verrouillait la porte de la chambre, mettait de la musique et s'allongeait sur le lit, roulant sa tête régulièrement, jusqu'à se sentir mieux. Puis un jour, il décida que cela devait cesser, qu'il ferait autrement. Il l'annonça à Xavier qui le félicita. C'était une bonne décision, un choix courageux.

"J'ai toujours été courageux", compléta Benoît ce jour-là.

Henry l'écoutait, dans un état de douce quiétude. Tout l'intéressait de lui, il ne se lassait pas de son récit. Il réalisa alors que, toute la soirée, il avait souri des singularités de Benoît sans jamais relier les éléments, évitant volontairement de dresser un tableau clinique, d'établir une synthèse diagnostique. Benoît n'était pas un patient, leur échange de paroles recélait une gratuité qui donnait à Henry un agréable sentiment de liberté. Leur conversation n'était pas un dialogue, plutôt un habile assemblage de monologues. Henry pouvait suivre le fil de ses pensées, il n'était pas entravé par les exigences de la communication ordinaire qui voulait que l'on tente de répondre dans le propos de l'échange. Henry était un être que la présence de l'autre, en particulier au cœur d'une relation amoureuse, avait fragilisé dans son intériorité. Il se méfiait des recompositions *a posteriori*, mais il aimait à penser que le choix de sa spécialité était lié à ce talon d'Achille. La nécessité de régler la distance entre lui et les autres s'était présentée assez tôt de façon très consciente et il avait commencé à s'y atteler bien avant d'être familier avec la psychiatrie et la démarche psychanalytique. S'il avait dû expliquer le fonctionnement de son psychisme avec des mots accessibles, il l'aurait comparé à une source capricieuse au flux incertain. Les sensations contradictoires qui le traversaient régulièrement étaient si ténues qu'il fallait pouvoir se concentrer pour les cerner et les entretenir, jusqu'à pouvoir les isoler et enfin poser des mots dessus. Un signal électrique se manifestait quelque part entre le plexus et le sternum, se déplaçait rapidement, irradiait à l'aveugle les tissus qu'il traversait, mais si Henry ne prenait pas le temps d'en identifier la cause, cela ne produisait qu'une vaine émotivité qui l'épuisait, un peu comme lorsqu'il était à l'étranger en présence d'une langue qu'il maîtrisait mal et que son interlocuteur parlait trop vite, il saisissait un mot au vol, mais ne prélevait jamais suffisamment d'informations pour que cela fasse sens, son esprit courant après la partition avec toujours une mesure de retard. Avec l'âge, ces sensations s'étaient faites plus rares, mais plus impérieuses aussi. Henry redoutait les dîners où chacun s'efforçait de faire rouler de façon continue et harmonieuse le torrent de la conversation. Il était souvent impossible de se placer en retrait et, si une émotion vague l'assaillait, il n'avait pas de refuge pour la mettre en forme au calme et devait subir stoïquement les désagréments physiologiques qu'elle engendrait. Aussi était-il bien placé pour connaître de façon organique le pouvoir des mots et l'importance de les transformer en paroles.

Benoît avait un débit monotone qui ressemblait à la voix off d'un documentaire animalier et Henry écoutait son récit comme on lit une fiction, bien calé sur ses oreillers, une lampe de chevet diffusant une douce lumière dorée. Et le sentiment amoureux qu'il reconnaissait au creux de son estomac devenait exaltant, car totalement détaché de contingences corporelles. Henry sourit intérieurement. Qui, parmi ses amis, l'aurait cru s'il leur avait parlé d'amour platonique ? Pourtant, il devait bien l'admettre, tant que Benoît était face à lui dans cette bulle d'intimité large et souple, cela lui convenait.

Henry avait sorti son violon et commencé à jouer du Schubert, intimidé. Le son n'était pas satisfaisant, l'archet tremblait un peu. Il avait respiré, tiré de longues notes sur les cordes à vide pour calmer son geste et repris plus posément. La musique avait alors empli l'espace par un effet capillarité très paisible. Pourtant, au milieu d'une portée qu'il connaissait par cœur, Henry avait constaté qu'il avait oublié plusieurs mesures. Avec des harmonies simples, il avait tenté de remplir les blancs pour raccorder la mélodie, mais le résultat était banal et désespérant, il n'avait pas réussi à retrouver le souffle de

Schubert. Il avait alors attrapé la partition dans le couvercle de son étui à violon pour déchiffrer les passages oubliés.

Il retrouvait désormais son assurance, enchaînait les mélodies et Benoît souriait, les yeux mi-clos. Entre deux morceaux, Benoît s'était levé et avait fait le tour de la pièce. Il s'était arrêté devant une drôle de commode cubique dont les pieds assez hauts ménageaient un espace important entre le sol et le premier tiroir. Il avait défait ses lacets et retiré ses chaussures, plaçant dans la droite son trousseau de clefs et dans la gauche son porte-monnaie. Ensuite, ses chaussettes bien tirées étaient venues prendre place sur le cuir, perpendiculairement à l'empeigne. Enfin Benoît avait repoussé les souliers cirés bien parallèles sous le meuble. Revenu sur le canapé, il avait osé poser ses pieds sur les coussins. Henry avait repris son récital et lorsque Benoît s'était endormi, il était allé se coucher dans le lit de sa sœur et avait presque immédiatement sombré dans un sommeil d'enfant.

Xavier se redressa brusquement, comme rattrapé par la réalité, et Clara comprit qu'il s'inquiétait soudain pour Benoît. Le jour perçait déjà à travers les rideaux.

En arrivant chez Clara, ils furent accueillis par Henry qui sortait de la salle de bains dans un peignoir ridiculement petit pour lui. Il leur fit signe de ne pas faire de bruit en indiquant le salon. Benoît dormait encore. Il était étendu sur le canapé, tout habillé et couvert d'une légère couverture, la tête calée sur un gros oreiller bleu.

JE TE VOIS (2)

Photo n° 4
Le Pas du Loup, commune de Malaucène, Vaucluse.

Mon père est devant, la chemise ouverte sur la toison encore foncée de son torse. Lorsqu'on posait la tête sur sa poitrine, on sentait l'épaisseur pilaire frisée contre la joue et dans l'oreille, un léger bruissement, le glissement des écailles de kératine les unes sur les autres. C'était le son de mon père. Sur la photo, il porte des lunettes de soleil. Derrière les verres foncés, son regard est posé sur l'horizon et à ses genoux, au premier plan, émerge un buisson de ciste. Ma mère le suit, un pas en arrière, un foulard dans les cheveux, petit haut sans manches en tricot de coton écru, elle sourit béatement en regardant le sol, peut-être déjà inquiète de se prendre les pieds dans une racine du chemin et de tomber malgré sa jeunesse. En vieillissant, ma mère ferait toutes sortes de chutes dans la rue sans qu'on puisse savoir s'il s'agissait de distraction – elle parlait énormément en marchant – ou d'un problème d'équilibre.

Mona Lisa

C'est ce sourire, si caractéristique de ma mère, qui retient mon attention. Sourire sibyllin que l'on retrouve sur de nombreuses photos, au point qu'on pourrait le croire composé pour l'objectif si l'on ignore qu'elle en usait également dans la vie. C'est un sourire très doux, mais il lui donne un air absent, sans doute sa façon d'être là sans y être, ou plutôt de rester silencieuse, ce qui lui arrivait peu. Dès qu'elle se taisait, elle se retirait du monde tout en gardant un abord agréable grâce à ce sourire impénétrable. Son éducation l'avait certainement contrainte très tôt à ne pas déranger en société. Elle s'en était peu à peu libérée en occupant l'espace par la parole, mais il lui restait cette attitude silencieuse, le souci de rester agréable en toute chose. Fille unique d'un couple resté six ans sans enfant, fait assez rare à l'époque, elle avait dû comprendre rapidement que sa présence ne devait pas altérer la grande passion qui les unissait. Sa naissance avait pourtant obligé ses parents à se séparer puisque sa mère avait dû rapatrier en métropole le nourrisson de six semaines qu'elle était. Elle n'aurait sans doute pas survécu au climat sahélien de la région du Niger où les fonctions de son père l'avaient fait naître. Finies, les soirées sous les gommiers avec son petit fennec, les parties de chasse, plus de déjeuners au Cercle, ma grand-mère avait dû quitter la colonie avec sa fille dans un couffin.

Ma mère vivra ses premières années entourée exclusivement de femmes dans un pavillon de la banlieue parisienne. Elle restera aux soins de sa grand-mère lorsque sa mère repartira en Afrique rejoindre son époux. Puis ce sera la guerre, il sera mobilisé, fait prisonnier sur le front et il faudra se faire toute petite derrière les portes closes pour entendre ce qu'on veut lui cacher. Cinq fois, il s'évadera, sera repris chaque fois. Pourtant, il traversera parfois clandestinement Paris et sa fille ne devra rien savoir.

À la Libération, son père retrouve un poste en Afrique, son épouse part avec lui et la laisse chez sa grand-mère. Les retrouvailles de ses parents sont de courte durée car la tuberculose ramène bien vite sa mère à Paris. Elle revient se soigner entre sa mère et sa fille. Les traitements les plus improbables lui sont proposés. Elle est ballottée entre médecins et charlatans, son état s'aggrave rapidement et elle meurt fin 1946, ma mère est alors âgée de onze ans. Deux ans plus tard commenceront les tests cliniques de l'acide para-aminosalicyliques dans le traitement de la tuberculose. Et un an après, en 1950, la vaccination antituberculeuse deviendra obligatoire en France. Pendant toute la période où la mère se meurt, la fille a certainement appris à se taire, serrer les dents et sourire autant que possible. Le père est revenu pour l'agonie de sa femme, il l'enterre et repart en Afrique sans enfant, car il redoute l'influence délétère des cercles coloniaux sur une jeune fille de bonne famille. Ma mère le regarde partir, enfouit sa douleur au fond de son cœur où elle brûlera tout au long de sa vie, mais elle sourit. Jusqu'à la fin du lycée, elle résidera chez sa grand-mère maternelle, à Bécon-les-Bruyères à dix minutes en train de la gare Saint-Lazare.

Lorsqu'elle rejoint son père pour les vacances, ma mère n'interrompt jamais les conversations des adultes à l'heure du whisky. Elle doit être docile, décorative et avenante. Elle s'ennuie stoïquement en laissant paraître le contraire. Et puis, elle rejoint la métropole, son lycée, ses études. Elle a bien compris que c'était sa seule chance de se fabriquer un avenir dans lequel elle pourrait être libre de sa parole.

SILENCE

"Silence !"
Le ton n'était ni autoritaire ni discourtois, ce n'était pas le cri d'un solitaire acariâtre agacé par d'incessants bavardages, mais plutôt une invitation à jouir d'un trésor. Il avait prononcé ce mot dans un sourire, avec une grande douceur. La maison était perdue en pleine nature, pas de voisin à perte de vue. Le bruissement des feuilles dans le vent, le chant des oiseaux, le murmure d'un cours d'eau, la nature nous parlait et il fallait savoir l'écouter.

Quelles raisons poussent un écrivain à cesser d'écrire ? L'opinion générale invoquera l'abîme de la page de blanche, l'angoisse de l'artiste, mais ce ne sont que des lieux communs, en tout cas s'ils se limitent à des généralités. Clara avait suffisamment travaillé la question pour savoir que la page blanche n'existe pas plus pour un écrivain que pour un peintre. Donnez une feuille à l'un et une toile à l'autre, ils la rempliront car ils savent le faire. La question n'est pas tant celle du vide que du choix. Quelle forme donner à sa création, quel nouveau chemin ouvrir, comment se rapprocher de ce qu'on souhaite produire ? N'y aurait-il pas une certaine veulerie dans l'obstination à ne pas pratiquer un art que l'on maîtrise ? Le violoniste qui s'est exercé une vie durant, jusqu'à parvenir enfin à dominer son instrument, ne s'arrête pas brutalement de jouer tant que ses mains lui obéissent. Il s'agit de loyauté envers un art dont il n'est que le passeur. Puisqu'il en est capable, il met son expérience au service des partitions que d'autres ont conçues pour donner vie à des musiques qui, sans lui, resteraient des notes sur une portée. La comparaison trouve sa limite si l'on considère que l'écrivain est tout à la fois compositeur et interprète. Pourtant, en cherchant des éléments sur E. M. Forster, elle était tombée sur un petit entrefilet concernant Italo Svevo et elle avait souri en constatant que sa comparaison musicale n'était pas si déplacée.

En 1892, Italo Svevo publie *Une vie*, qui passe complètement inaperçu auprès de la critique et du public. Puis, quatre ans plus tard, *Sénilité*, qui suscite encore moins d'intérêt. Traumatisé par ces échecs et considéré par sa mère comme un écrivain raté, presque un mythomane, Svevo s'attaque… au violon. Il faudra attendre 1919 pour qu'il se remette à écrire *La Conscience de Zeno*, ce chef-d'œuvre (1923) : au total, son blocage aura duré plus de vingt ans !

Elle avait finalement découvert par la suite qu'E. M. Forster était un mauvais exemple et qu'elle ne pourrait pas l'inclure dans ses recherches puisqu'il avait simplement cessé de publier. Jusqu'à la fin de sa vie, il composa des textes qu'il jugeait trop indécents pour être diffusés car ils étaient marqués par une homosexualité affirmée.

Depuis presque une dizaine d'années, Clara avait pu prendre son temps pour documenter le sujet de recherche de sa thèse à travers différentes publications qui l'avaient conduite parfois jusque loin de chez elle pour rencontrer des écrivains ou de proches témoins.

Une journaliste en vue dans le milieu littéraire lui avait fait savoir que ses recherches l'intéressaient et elle l'avait prise sous son aile afin de lui ouvrir quelques portes. Elle avait, dans le milieu universitaire et dans le petit cercle de la littérature française, une réputation exécrable et, pourtant, Clara avait découvert une femme attachante, aux opinions certes tranchées mais d'une grande générosité avec elle et totalement désintéressée. C'est ainsi qu'elle avait pu obtenir un bref rendez-vous avec Philip R. Clara s'était alors envolée pour New York où elle l'avait retrouvé au bar d'un grand hôtel au pied de Central Park, le genre d'endroit qui souligne votre appartenance au monde ordinaire des petites gens et vous fait clairement sentir que c'est seulement parce que vous payez que vous êtes toléré. Trop impressionnée par le grand écrivain pour mener un entretien de façon cohérente, Clara avait passé les vingt minutes imparties à se prendre les pieds dans le tapis. R. avait commencé par parler de son amie journaliste qui l'avait accompagné pendant de longues années chaque fois qu'un de ses livres était traduit en français. Il avait vanté sa loyauté, son intelligence et s'était attardé sur ses chaussures, toujours si élégantes. Clara l'avait écouté en souriant, acquiesçant comme il se devait. Ensuite, elle avait eu le sentiment que toutes ses questions étaient déplacées, d'autant plus qu'elle se trouvait face à un homme affaibli et qu'il y avait une véritable indécence à lui demander pourquoi il avait décidé de cesser d'écrire. Il était à bout de forces, ce n'est pas lui qui avait tourné le dos à l'écriture, mais l'écriture qui l'avait quitté tant sa survie imposait d'autres priorités. Cela n'avait pas besoin d'être commenté. Pourtant, Clara gardait un souvenir lumineux de cette brève entrevue, comme si elle avait eu le privilège de retrouver un boxeur dans les vestiaires après un combat mémorable dont il était sorti vainqueur, il n'y avait qu'à parcourir la bibliographie de R. pour le comprendre. Les questions qu'elle avait préparées ne l'intéressaient pas, elle le sentait. Au bout de quinze minutes, Clara s'étant épuisée en vains propos, sans du tout s'irriter ou même s'agacer, Philip R. l'avait regardée, malicieux : *"Why don't you turn it the other way round ? Try to watch the world with the eyes of the one who writes…* * "Ensuite, la conversation avait rapidement pris fin et Clara n'avait pas bien saisi ce qu'il avait voulu lui dire, ou plutôt, sur le moment, elle n'avait pas mesuré la portée de ses paroles et leur incidence sur son travail à venir. En réécoutant plusieurs fois l'enregistrement, elle avait compris. Ce n'était ni une question de lectorat, ni de marché du livre, ni de posture sociale ou d'effet d'annonce, seule une crise intérieure profonde détournait un écrivain de son écriture. Il cessait d'entendre sa propre musique et ce silence intérieur devait être glaçant. Lorsqu'il était mort

* Pourquoi n'inversez-vous pas votre point de vue ? Essayez de regarder le monde avec les yeux de celui qui écrit…

cinq ans plus tard, Clara venait de comprendre son message.

Récemment, c'est en train qu'elle s'était rendue dans la Creuse pour rencontrer Bernard C.

Des collègues lui avaient signalé son travail et, d'abord méfiante à l'égard des écrits qui avait fleuri autour de Mai 68, elle s'était malgré tout penchée sur ses livres. Loin des opus relatant des expériences de vie en usine parmi les ouvriers, le propos de C. était une forme de désobéissance civique au service d'un idéal d'autogestion, mais ses livres étaient empreints d'une vraie poésie utopiste, la forme était étrange, la narration presque surréaliste dans sa mise en œuvre. Clara était bien face à l'œuvre d'un écrivain, premier critère de sélection pour son étude. Le deuxième étant qu'il ait, à un moment donné, cessé d'écrire.

C. était aimablement venu la chercher à la gare de Montaigut-le-Blanc pour la ramener chez lui, et elle n'avait pas voulu abuser de la situation en profitant du trajet en voiture pour commencer à l'interroger. Elle avait préféré lui laisser le choix de la conversation. Il avait fallu se contenter des considérations sur la région, ses paysages, son agriculture, somme toute bien plus intéressantes que si elles avaient été échangées avec un chauffeur de taxi. Qu'il le veuille ou non, C. était resté un écrivain dans le déploiement de sa pensée, cette organisation en spirales qui cueillait au passage quelques images poétiques avec un naturel confondant. Ensuite, assise dans un fauteuil devant la cheminée où dansaient de belles flammes, Clara avait sorti son enregistreur, mais en vain, car il avait esquivé toutes ses questions. Il répondait par des phrases très courtes, souvent un ou deux mots, et n'utilisait presque pas de verbes. Cela produisait une forme d'irréalité immobile du monde où, pourtant, chaque chose pouvait encore être désignée. Tout semblait rangé à sa place, la part d'imprévu était très restreinte.

C. s'était montré courtois, mais peu coopératif. Il affirmait ne plus écrire simplement parce qu'il avait cessé d'écrire. Très rapidement, c'est lui qui avait posé les questions. Qu'est-ce qui expliquait qu'elle fût payée pour s'intéresser à lui, ou plutôt au sillon vide qu'il laissait derrière lui depuis une trentaine d'années ? Lorsque Clara lui avait répondu qu'elle était enseignant-chercheur, il lui avait demandé pourquoi elle ne disait pas "enseignante-chercheuse". Son jeu était bien réglé, Clara choisit de l'ignorer. Il s'était affairé, avait servi du café, des graines de courge torréfiées au caramel, la spécialité de sa compagne qui, d'ailleurs, était venue la saluer… À côté de la cheminée, Clara avait avisé une pile d'un même quotidien, laissant penser qu'il y était abonné. Elle n'avait pas osé l'interroger, mais il avait surpris son regard.

"La presse, c'est compliqué. Il faut bien avoir une fenêtre sur le monde et celle que j'ai choisie me permet d'avoir une vision assez complète de l'actualité internationale. Mais c'est un dilemme, le papier tue des arbres et le stockage des données numériques épuise notre planète. J'ai un ami qui réalise une étude sur l'impact environnemental de l'un et de l'autre. Lorsqu'il aura tiré une conclusion, j'opterai pour ce qui est le moins préjudiciable à notre avenir. Je vais avoir soixante-quinze ans et j'en suis réduit à ça, choisir la moins mauvaise solution ! À vingt ans, je voulais changer le monde et j'inventais des stratégies pour y parvenir. Lorsqu'on nous parle du naufrage de la vieillesse, on dit n'importe quoi. Avoir mal aux genoux, manquer un peu de souffle, sentir que les muscles répondent un peu moins bien, tout ça, on fait avec. Ça ne m'empêche pas de monter en haut du terrain pour admirer la vue, ça prend le temps qu'il faut, mais je me débrouille. Non, la tragédie, c'est que plus on avance plus on est obligé de constater que la vérité n'existe pas, ce qui écorne affreusement notre idéal de justice et d'équité. Avec le temps, il n'existe plus que de petits arrangements. Et je crois que je ne m'y ferai jamais."

Clara s'était félicitée de ne pas avoir coupé le dictaphone. Il ne dirait rien de plus, et elle avait compris qu'elle pourrait sans difficulté attraper le train de 17 h 08 pour Limoges, elle avait rangé son appareil.

Lorsque le train de Clara était apparu au bout du quai, C. lui avait glissé en la saluant : "Je vais vous dire, c'est politique. Pas envie d'ajouter ma voix au concert actuel où tout le monde récupère tout sans aucun scrupule. Il vaut mieux se taire." Il lui avait serré la main fermement et s'était éloigné sans se retourner, balançant sa longue carcasse d'une jambe à l'autre.

DÉBORDEMENT

Clara avança la main en direction du poste de radio et, son doigt à la hauteur du bouton, elle renonça et la replaça sur le volant. Le silence qui régnait en maître depuis leur départ de Nîmes ne méritait pas d'être brisé par quelque son que ce fût, harmonie d'une mélodie enregistrée ou trivialité d'une station de radio.

La mobilité de Benoît permettait d'échapper à l'ennui et Clara observait avec attention la façon dont il avançait ou reculait vers les vitres ou le pare-brise pour capter un détail imperceptible pour tout autre que lui. Elle était sous le charme de cette sorte de ballet continu et silencieux qui invitait à s'émerveiller des richesses du paysage.

Lorsque cette expédition avait été décidée, Xavier devait les accompagner, mais au dernier moment il avait été retenu ailleurs. En descendant vers la plaine fluviale couverte de vergers, Clara s'était demandé un instant si la défection de Xavier n'avait pas été intentionnelle. Quoi qu'il en soit, elle se réjouissait de cette proximité avec Benoît, elle n'en ressentait aucune gêne comme elle aurait pu le craindre si on lui avait posé la question quelques jours plus tôt.

Familiarité, c'est le mot qui lui venait à l'esprit et il était dérivé de famille.

Lorsque la voiture quitta la route pour avancer vers un mas, les gravillons sous les pneus produisirent un vacarme perturbant et Benoît ferma les yeux. Il les rouvrit lorsque Clara s'arrêta au milieu de la cour, sous le grand platane dont les feuilles jaunies avaient commencé à tomber. Ils restèrent un moment assis à contempler l'harmonie de carte postale de la ferme. Le bâtiment joliment rénové était flanqué de granges qui fermaient l'espace en une cour rectangulaire et donnaient à l'ensemble un aspect symétrique, provoquant un sentiment de grande sécurité. Un homme apparut et se dirigea vers l'une des granges, ils le suivirent.

Clara perçut l'infime changement sur le visage de Benoît lorsqu'ils pénétrèrent dans l'espace clos où l'odeur des pommes était très forte. Avec le temps, il avait certainement appris à minorer les manifestations d'une stimulation sensorielle trop importante, mais il en restait quelque chose d'infiniment touchant. Le monde le caressait en permanence là où chacun de nous l'avait depuis longtemps mis à distance. Clara inspira longuement pour tenter de définir ce que son odorat lui racontait. Le sucré dominait, mais il était magnifié par l'acidité, et une note moins agréable mais relativement discrète de champignon, sans doute liée à la décomposition de quelques fruits, venait matifier l'ensemble. La quantité de pommes et l'espace fermé produisaient une stimulation olfactive forte, on ne pouvait échapper à ce bouillonnement de vie végétale.

Clara avait ses habitudes, elle commença à remplir le cageot qu'elle avait apporté tandis que le producteur attendait devant la balance. Benoît l'aida en choisissant méticuleusement les fruits les plus colorés, mais au bout d'un moment il s'arrêta et Clara termina seule. Benoît se frottait les mains l'une sur l'autre, puis sur son pantalon, comme s'il avait touché quelque chose de gras. Cela la fit sourire, mais elle ne comprit d'abord pas ce qui se passait et, tandis qu'elle cherchait à éclaircir cette réaction mystérieuse, la réponse apparut au bout de ses doigts. Cette fine pellicule de sucre qui transpirait sur la peau des pommes bien mûres, elle n'y avait pas prêté attention, mais elle ne pouvait dorénavant ignorer cette sensation à peine collante sur les nervures de ses doigts. Lorsque le cageot fut plein, elle se dirigea vers le gros bac en inox qui trônait près de la porte pour se rincer les mains, proposant ainsi implicitement à Benoît d'en faire autant.

Le coffre chargé, Clara avait voulu poursuivre leur promenade pour profiter encore de ce moment ensemble. En traversant le Rhône, elle avait remarqué que son niveau était très haut et elle décida d'emmener Benoît sur ses rives. Ils traversèrent des vignes et s'enfoncèrent peu à peu dans le lit majeur du fleuve en direction de la berge. Au-delà du chemin d'exploitation, ils découvrirent une futaie de saules régulièrement plantés, comme les colonnes d'un temple. Le sol qui l'accueillait était en contrebas, le fleuve s'y était répandu. Les troncs réguliers et parfaitement cylindriques baignaient dans un lac étale où dérivaient quelques feuilles tombées des frondaisons clairsemées.

Benoît repéra immédiatement la levée de terre qui bordait les arbres et il s'y faufila pour se rapprocher de la première rangée de troncs. Clara le suivit au milieu de ce taillis très touffu qui l'agrippait au passage comme pour l'empêcher de passer. Un soleil d'automne généreux traversait la futaie et l'inclinaison des rayons croisant les troncs ajoutait à l'aspect géométrique de la composition. La lumière finissait sa course lente dans les profondeurs de l'eau sombre, accrochant au passage les tiges des dernières ombellifères de l'été, complètement desséchées mais encore debout. Leurs fibres inertes, gorgées d'eau, ne tarderaient pas à ployer pour rejoindre l'onde, participant à la formation du limon qui recouvrirait le sol lorsque le fleuve se serait retiré. Au printemps, une herbe neuve apparaîtrait, grasse et souple, la lumière d'un nouveau soleil accrocherait des phosphorescences de vert tendre entre les fûts sombres des saules.

Benoît avança jusqu'au bord du surplomb pour toucher le tronc d'un saule. Il écarta les doigts, cherchant la matière de l'arbre, sa paume caressant l'écorce, puis ses bras enserrèrent la colonne végétale pour l'attirer à lui. Son corps tout entier épousa la forme cylindrique, la proximité de la levée de terre et du fût permettant à ses pieds de demeurer ancrés dans le sol. Il y avait dans cette étreinte silencieuse quelque chose d'assez candide et pourtant, la charge érotique de l'instant était indéniable. En voyant l'inclinaison de sa tête, Clara comprit que Benoît avait posé une joue contre l'écorce. Elle détourna les yeux, gênée, et pour échapper à cette vision, elle n'eut d'autre choix que de jeter son dévolu sur un tronc accueillant, à bonne distance de Benoît.

D'abord Clara ne perçut que le battement du sang dans ses propres artères, sa tempe contre le bois renvoyait des pulsations régulières. Ils se tenaient l'un près de l'autre, comme suspendus au-dessus du silence de l'onde immobile, palpable sous leurs pieds, ce volume froid et épais les tirait vers le bas, mais en arrière-plan, le bruissement en provenance du fleuve les ramenait à la vie. Lorsqu'on vit avec le fleuve, on reconnaît à l'oreille, même en pleine nuit, la masse brune des eaux fracassant la densité de l'air, l'aspiration des hauts débits, le courant vertigineux chargé de troncs d'arbres, d'appareils électroménagers, de carcasses de voitures que l'imagination ne peut s'empêcher de relier entre eux pour tisser la fiction des drames humains qui ont conduit à cette violente dérive. Là-bas, derrière le rideau d'arbres, le bourdonnement continu du courant ressemblait au murmure du vent dans les écailles d'un immense poisson échoué sur la berge et se débattant pour rejoindre le courant.

Benoît se détacha de l'arbre avec d'infinies précautions, comme un acrobate soignant sa réception au sol. Une chorégraphie arachnéenne permit à son corps de se déplier sans à-coup, la végétation alentour n'eut pas à souffrir de ses mouvements. De la même façon il s'allongea sur le sol dans l'herbe épaisse sans déplacer la moindre branche du taillis. Clara imita Benoît avec une pénible sensation de pesanteur et s'approcha tout doucement de lui pour comprendre ce qu'il avait vu.

À un pas de distance, deux marcassins se désaltéraient dans une poche d'eau déposée par le fleuve. Ce n'étaient pas encore des adultes, mais plus complètement des petits. Ils avaient dû naître un peu tard, au cours de l'été, leur pelage avait commencé de foncer et des défenses poussaient de chaque côté de leur boutoir. Au printemps ce seraient des sangliers imposants. En attendant, dans cet entre-deux préfigurant l'hiver à venir, ils prenaient des forces, et la présence de Benoît ne les perturbait nullement. Lorsqu'ils quittèrent le point d'eau pour commencer à fouir, ils s'approchèrent de lui et il resta parfaitement immobile. Clara retint son souffle, mais les animaux le contournèrent sans charger.

Lorsqu'elle tenterait par la suite de décrire la scène à Xavier, Clara comprendrait que ce jour-là Benoît et elle avaient approché ensemble un récit des origines. Dans toutes les cultures se trouve une typologie de cette alliance mythique avec une bête potentiellement féroce. Un homme, juste, sage, un ermite souvent, soigne l'animal et le traite avec respect. En remerciement la bête mâle projette sa semence vers la voûte céleste, marquant l'origine cosmogonique de la Voie lactée et promettant à l'espèce humaine une infinie fertilité.

JE TE VOIS (3)

Photo n° 3
Forêt d'Halatte, Fleurines, Oise

Il y a dans cette photo l'illusion que tout va bien et je pense que, parfois, cela nous a été nécessaire pour tenir. C'est une promenade en forêt, un dimanche de printemps sans doute, les ramures sont assez peu garnies, mais un soleil encore timide baigne cette scène familiale. Xavier a dû appuyer sur le déclencheur pour immortaliser cet instant où j'avance sur un chemin de lumière entre nos parents, chacun me tenant par la main. À y regarder de plus près, il n'y a que notre mère qui me tient la main. Notre père a le bras gauche replié à angle droit au niveau de son torse, comme un fumeur tenant sa cigarette alors qu'il a arrêté de fumer il y a plusieurs années déjà. Son bras droit pendant le long de son corps, sa main à la hauteur de mon épaule, tandis que mon propre bras suit la même ligne juste en dessous. Ce mimétisme crée l'illusion d'un contact physique entre nous. Mon père est le seul à être absolument de face. Ma mère croise bizarrement les jambes au niveau des genoux, ses jambes forment un grand X, mais la photographie laisse clairement percevoir qu'elle n'est pas à l'arrêt, cette drôle de posture lui permet d'avancer et son buste est de face. Peut-être veut-elle amuser Xavier ? Est-il nécessaire de détendre l'atmosphère par une pantomime ? Ai-je fait une crise dans les minutes qui précèdent ? Le cliché ne le laisse pas deviner en tout cas. J'avance en biais entre mes deux parents, mes jambes et mon buste ne semblent pas synchronisés, mais mon visage est serein.

À peu de chose près, Xavier a capté un instant de sérénité. Mon père penche un peu la tête sur le côté mais son regard est posé sur l'horizon, il nous emmène vers l'avenir. Ma mère coule un regard tendre et amusé vers moi, un peu plus bas. Comme souvent, son visage affiche un sourire que je peine à interpréter.

"Si la photo est bonne

Qu'on m'amène ce jeune homme

Ce fils de rien, ce tout et pire…", *chante Barbara. C'est Xavier qui m'a offert ce disque, je ne sais d'ailleurs pas pourquoi je le précise puisque je m'intéresse à la musique de façon si générale et si peu particulière que jamais je ne pourrai choisir un morceau ou une chanson. Mais j'aime bien les disques de mon frère, ceux qu'il a choisis pour moi en pensant que ça me ferait du bien, sans doute. Alors j'écoute Barbara en écrivant et par moments, je monte ou je baisse le son selon que les mots font plus ou moins de bruit.*

Mon père était un rocher en granit, et moi un lierre. J'avais glissé mes doigts à l'abri dans une anfractuosité tiède qui menait à la terre. J'enserrais ce gros bloc rond issu d'un chaos que le sol, dans sa mollesse, avait fixé en formant une cuvette. Mes crampons accrochaient les pores du granit jusqu'à l'étouffer. Mais peu à peu, la liane s'est écartée du rocher, s'est redressée jusqu'à former un tronc qui s'est élancé à la verticale. La base a continué d'épouser la rugosité minérale, profitant de sa protection, mais au-dessus une ramure s'est épanouie pour partir à l'assaut des courants d'air. On connaît assez bien les rapports de dépendance mutuelle entre le végétal et le minéral, mais finalement que sait-on de leur communication intime ? Dans la circulation moléculaire entre ces entités, qui transporte les informations ?

Je revois mon père assis au bout du petit canapé de notre non moins petit séjour, coincé derrière le piano droit de ma mère. Il devait passer son corps en biais, rentrer le ventre et les côtes pour éviter l'extrémité du clavier, mais chaque soir en rentrant, il venait se caler dans ce coin près de l'instrument et m'attendait. Je me glissais contre lui et il posait ses deux mains longues et maigres sur mes yeux. Deux palmes d'albatros enserraient mon front, les orbites de mes yeux et mes pommettes. Et peu à peu, mon corps se détendait jusqu'à prendre la forme du sien.

Plus tard, notre étreinte s'est relâchée parce que je n'avais plus besoin d'être enserré dans un autre corps que le mien, mais nous sommes restés côte à côte. Jusqu'à sa mort, je suis resté assis à côté de lui lorsque nous étions dans la même pièce. Ses mains sont redescendues se poser sur ses cuisses, les miennes croisées au bout de mes bras, en travers de ma cage thoracique. Et lorsque mon père a commencé à disparaître, je l'ai perçu à l'appui de ses mains qui perdait de sa tonicité. On ne m'a pourtant pas dit grand-chose. J'ai vu ses yeux changer aussi, et j'ai été capable de desserrer mes bras, libérer mes mains, pour saisir la sienne sur sa cuisse. Jusqu'à la fin, nous sommes restés avec ce contact paume contre paume sur la rugosité des côtes de son pantalon en velours. Et lorsqu'il s'est allongé, c'est le râpeux de la couverture de laine qui s'est substituée au velours, mais je n'ai pas lâché sa main.

Ma mère, elle, était une fontaine d'eau claire qui m'abreuvait de paroles du lever du jour au coucher du soleil, comme si je risquais de me dessécher faute de mots. Je l'ai déjà dit, c'est elle qui, la première, a décrit le monde pour moi. Elle posait des phrases sur le réel et sur l'abstraction aussi, sans jamais faillir. Mais il y eut un jour où je commençai à avoir moins besoin de ses mots. Je dus montrer des signes d'impatience, ou même carrément me boucher les oreilles. N'ayant jamais été très à l'aise avec les codes sociaux, je me faisais comprendre à ma façon. Et ma mère, bien maligne, comprit. Ses mots firent moins de bruit. Désormais nous accompagnait le murmure d'un filet d'eau dans le lit estival d'un ruisseau. Il devint imaginable de rester ensemble dans une pièce en silence, mais je compris que ça ne devait pas durer trop longtemps. On m'avait appris qu'on ne disait bonjour qu'une seule fois par jour à la même personne, alors il me fallut trouver autre chose. Je commençai timidement avec "comment ça va ?", puis me risquai à "alors, quoi de neuf ?", mais ces mots, prononcés par moi, ne produisaient pas l'effet escompté. Finalement, je jetai mon dévolu sur "tu ne dis rien ?", qui provoquait un sourire radieux sur le visage de ma mère.

LA LANGUE CHOISIE

Clara avait atterri de nuit à l'aéroport international Ben Gourion. Cela n'était pas le fait d'un choix, mais résultait du hasard des tarifs aériens que lui autorisait son laboratoire. Cependant, à l'approche de la piste, elle avait apprécié que cette terre où elle posait le pied pour la première fois fût nimbée de mystère grâce à l'obscurité. La première impression était des plus floues et préservait complètement les promesses du lendemain au lever du jour.

Au matin, un taxi emmena Clara à la gare et le train la rapprocha lentement d'Haïfa où l'attendait Ana. Xavier l'avait convaincue qu'elle devait aller à sa rencontre dans le cadre de ses recherches. Il avait tracé pour elle les grandes lignes de son existence, mais c'était davantage l'histoire du XXe siècle que Clara avait perçue derrière ce récit. Elle espérait que cette rencontre lui permettrait d'accéder à la singularité de cette femme maintenant que Xavier avait attisé sa curiosité. Il n'était jamais venu la voir en Israël, sa mère non plus, il n'avait aucune image du cadre dans lequel sa vie s'était déroulée et pour Clara, la découverte serait entière. La lenteur du voyage en train lui semblait convenir à cette rencontre. La bande-son de son trajet, diffusée par les téléphones des jeunes gens autour d'elle, était principalement composée de variété pop en hébreu et cela lui convenait, mettant quelque peu à distance la solennité du moment. La Méditerranée n'était jamais loin, elle sentait sa présence malgré la bande de culture intensive qui l'en séparait à mesure qu'elle se rapprochait d'Haïfa.

Ana l'avait accueillie en fin d'après-midi dans son appartement au-dessus du port. Lorsque la porte s'était ouverte, Clara n'avait pas été surprise de découvrir dans l'encadrement une grande femme aux cheveux blancs très courts. C'est bien ainsi qu'elle l'avait imaginée. Ses yeux noirs étaient enfoncés loin au creux de leurs orbites et elle avait le visage émacié de quelqu'un qui ne devait pas manger beaucoup. Toute la lumière de son visage provenait du sourire très doux qui étirait ses lèvres fines. D'un pas hésitant, Ana l'avait rapidement entraînée vers la terrasse en traversant des pièces encombrées et sombres. Cet espace vide et ouvert serait celui de leur rencontre, Ana ayant remis au lendemain la séance de travail dans son bureau. Il fallait d'abord faire connaissance.

En réalité, Clara n'apprit rien que Xavier ne lui eût déjà dit, mais ce qui l'impressionna fut la façon dont Ana menait son récit, détachée comme s'il s'était agi de la vie d'une autre. Elle lui posa mille questions sur Xavier, sur Benoît, sur elle, sa vie, son travail et Clara répondit avec application. Au moment où elle tenta de l'entraîner sur un terrain plus personnel, Ana lui dit en s'excusant qu'elle allait la mettre à contribution pour s'économiser quelques pas. Elle avait préparé un dîner, tout était dans la cuisine, Clara trouverait facilement. Si elle avait la gentillesse de tout apporter sur la terrasse, elles pourraient profiter de la lumière de fin du jour, de la douceur du soir.

Le lendemain, à l'heure de leur rendez-vous de travail, Ana lui rouvrit la porte, son visage affichant un sourire égal, et l'emmena vers le fond de la maison, à l'opposé de la terrasse.

"Le bureau d'Aaron… je n'ai touché à rien", dit-elle en passant devant une porte entrouverte. Les volets étaient tirés, elle alluma la lumière pour que Clara puisse partager quelques fragments de son passé. Les murs étaient tapissés de masques à gaz de différentes formes, un ensemble effrayant dont on peinait à percevoir le sens. Ana lui indiqua que le plus ancien datait de 1917 et que le plus récent, de la fin des années 1980, provenait de la guerre entre l'Iran et l'Irak. Clara eut un frisson, cela ne ressemblait pas à l'image qu'elle s'était faite d'Aaron à travers les récits entendus la veille.

Enfin, elles pénétrèrent dans le bureau d'Ana qui lui désigna un fauteuil confortable avant de s'asseoir de l'autre côté de la table. Clara mit un certain temps à pouvoir dire quoi que ce soit. La lumière du matin était filtrée par le store à demi descendu, mais aucun détail de la pièce n'échappa à son regard. Du côté de la fenêtre, le mur était occupé par une grande bibliothèque où s'entassaient des dossiers et des boîtes d'archives méticuleusement étiquetées, des paquets emballés dans du papier kraft et ficelés, dont le format laissait penser qu'il s'agissait de livres ou de documents. Sur le mur d'en face, la lumière traversait les portes vitrées d'un meuble de laboratoire où était conservée une invraisemblable série d'objets sans lien apparent les uns avec les autres.

Il y avait là des cailloux aux formes harmonieuses, des débris de végétaux, lichens, mousses aériennes, brindilles, écorces friables, du sable inerte, des insectes secs, des mues transparentes. On aurait pu croire à la récolte d'un enfant poète si la volonté manifeste de conservation n'avait pas érigé cet ensemble hétéroclite en collection. Chaque élément de la vitrine avait été mis en valeur et répertorié sur des étiquettes au format unifié. Tout avait été minutieusement pensé, petits flacons, cloches de verre, supports en bois.

Cet amoncellement de fragments de mémoire n'était pas l'objet de sa venue, Clara s'interdit d'interroger Ana à son sujet et pourtant, il suffisait de balayer la pièce du regard, passant des archives à la vitrine, pour comprendre que les questions qu'elle était venue lui poser se révéleraient sans doute un peu caduques. Une partie de la réponse se trouvait là, il y avait peu de mots à ajouter. Étrangement, la première pensée qui lui vint concernait l'entretien de la vitrine. Elle était d'une propreté impressionnante, pas une trace de poussière sur les plaques de verre qui constituaient les rayonnages, pas une tache sur les vitres des portes. Clara se demanda si Ana en assurait elle-même l'entretien ou si elle acceptait de le déléguer à quelqu'un.

"Toute une vie dans une vitrine, vous semblez impressionnée", lui dit Ana avec une infime lueur d'amusement dans le regard.

La veille, Ana lui avait raconté la fuite dans la France occupée de 1943 alors qu'elle n'était qu'un bébé dans les bras courageux d'une enfant de neuf ans, et Clara n'avait perçu qu'une série d'événements douloureux dont l'intensité avait culminé avec la séparation des deux sœurs parce qu'il était moins dangereux de suivre des familles différentes. Aucun détail, pas d'images, et voilà qu'elle se trouvait devant l'envers du décor agréablement agencé et mis en scène pour la postérité. Elle sentait que cette vitrine en racontait davantage sur Ana que tout ce qu'elle avait pu lui dire. Clara imagina la délicatesse de ses gestes, la douceur qu'elle avait déployée pour traiter avec autant de prévenance ces échantillons du monde qu'elle avait côtoyé pendant plus de quatre-vingts ans. Elle sentit monter en elle une vague d'émotion, mais se concentra sur l'objet de sa visite et reprit une posture académique. Fixant les archives face à elle, elle se recentra et retrouva les questions qu'elle était venue poser.

Ana avait écrit et publié un roman vers vingt-cinq ans et ensuite, plus rien, la fiction semblait avoir reflué de sa vie. Le livre, publié en hébreu, n'avait pas été traduit, ce qui n'avait pas permis à Clara de le lire. Elle cherchait à savoir ce qui s'était passé et commença par demander à Ana de lui parler de ce livre, car elle n'excluait pas que la cause de ce tarissement pût se trouver au cœur même du texte.

Il s'agissait d'une fable agroécologique, dans laquelle un jeune ermite travaillait sur des principes d'irrigation novateurs pour bâtir au milieu du désert une luxuriante Babylone de sable. Ana avait travaillé avec un agronome pour que les éléments scientifiques soient solides et elle avait raconté dans ce court ouvrage la construction de jardins suspendus abritant une débauche de fleurs, de fruits et de légumes. Le roman s'achevait sur la mort de l'ermite, victime de sa distraction après avoir ingéré une plante toxique qu'il n'avait pas identifiée.

Ana l'avait écrit comme un divertissement à la fin de ses études pour s'affranchir des textes universitaires qu'elle avait dû produire pour valider ses diplômes. Lorsqu'elle avait adressé le manuscrit à un éditeur, c'était davantage pour avoir un conseil que dans l'espoir d'être publiée. Elle ne s'attendait donc pas au succès du livre et au bruit qui avait entouré sa sortie en librairie. On était en 1966, quelques mois avant la guerre des Six Jours, et son roman était devenu autre chose que ce qu'elle y avait mis avec, elle en convenait, une certaine naïveté. Les partis politiques les plus conservateurs avaient érigé sa fable en mythe fondateur du devenir d'Israël. Ana n'y avait placé aucun autre personnage que son ermite et il était aisé de faire de sa solitude un symbole de la résistance face aux ennemis de la nation. Se sentant piégée, elle avait cessé les rencontres dans les librairies, les centres culturels pour présenter son ouvrage, et s'était terrée chez elle, se replongeant dans ses travaux de psychologie qui suffisaient finalement à mettre sa mélancolie à distance.

La question des troubles développementaux l'accapara et s'occupant d'enfants qui ne parlaient pas, elle entra dans le silence avec eux. Le langage des non-verbaux avait supplanté sa propre langue. Les mots devaient refluer pour ne pas interférer avec la langue qu'ils étaient en train de construire à tâtons dans les replis de leur psychisme. Ce monologue adressé qu'elle leur offrait tous les jours, commentant chaque fait, chaque geste, était constitué de leurs mots à venir, pas des siens. Dans les premiers centres de soins où elle avait exercé, les orthophonistes étaient en première ligne, travaillant l'articulation, la plasticité du cerveau, construisant des images mentales, constituant des répertoires, jusqu'au jour où un miracle advenait. Le verbe enfin surgissait, l'enfant parlait et chacun s'attachait désormais à trouver cela normal. Ana aimait penser que de la qualité de ce surgissement et de l'originalité de la langue qu'ils allaient se construire dépendait l'usage qu'ils en feraient. Ils pouvaient se contenter de communiquer à la façon d'un télégraphe Chappe ou élaborer de la poésie pour magnifier leur monde. Évidemment, cela relevait davantage de l'intuition que de la vérité scientifique, mais très tôt Ana comprit que l'approche méthodique appuyée à des concepts scientifiques vérifiés ne lui suffisait pas à trouver chaque matin le courage de se lever. Elle avait besoin de jouer sur les deux tableaux. Bien sûr, elle inscrivait son action dans la ligne de la communauté de pensée à laquelle elle appartenait, elle savait bien que l'outillage cognitif de ces enfants était déterminant dans l'usage qu'ils feraient du langage lorsqu'ils parviendraient à l'articuler, mais personne ne pouvait l'empêcher de redonner du sens à son travail lorsque cela s'avérait nécessaire en usant d'une vision plus personnelle. C'est ce qui l'avait toujours sauvée du découragement.

Avant de raccompagner Clara à la porte de l'appartement, Ana l'incita à prendre des photos de sa collection au prétexte de les montrer à Xavier et Benoît. Elle ouvrit grandes les portes de la vitrine pour éviter les reflets. Ensuite elle la serra longuement contre son grand corps osseux en la remerciant d'être venue lui rendre visite et elle la poussa doucement vers le palier. Clara se retrouva dans la rue en plein midi, éblouie par la lumière du soleil.

Dans l'avion du retour, elle mit de l'ordre dans ses notes et constata qu'elle s'était jusqu'alors peu intéressée à l'accueil réservé aux livres des auteurs sur lesquels elle avait travaillé. Elle avait croisé des écrivains qui n'écrivaient plus, sans parvenir à élucider la question du choix ou de l'impossibilité. Un jour, ils avaient cessé de consigner leur pensée par écrit. Or Clara savait que l'anéantissement d'un groupe humain passe toujours par la destruction ou l'effacement de ses productions intellectuelles. Partout dans le monde, à toutes les époques, les bourreaux déshumanisent leurs victimes pour se dédouaner de leurs crimes en commençant toujours par nier leur capacité à produire de la pensée. Clara estimait donc que quelqu'un qui avait accès à l'écriture avait le devoir moral de continuer.

Car, elle l'avait constaté, les écrivains eux-mêmes commençaient à se demander s'il fallait continuer de couper des arbres pour diffuser leur prose. La tentation de la modernité avait été grande et on avait inventé de nouvelles machines. Afin de préserver nos forêts, on avait durablement installé dans la dépendance des pays pauvres dont on pillait les sols pour en extraire des minéraux précieux indispensables aux composants électroniques des machines à lire. Pour vider leurs étagères et gagner de la place, les pays occidentaux avaient créé des centres de données qui consommaient de l'énergie et contribuaient largement à l'élévation de la température de la planète. Des stocks immobiles de papier imprimé remplissaient les entrepôts du monde occidental et certains commençaient à se demander s'il n'était pas vain de continuer à abonder cette pyramide de verbe immobile. La volonté d'imprimer massivement ce que le lecteur attendait était peut-être un mirage. Les études de marché ne pourraient jamais totalement régenter le monde de la création, lieu de la surprise par excellence où surgit ce qui est singulier et qui devient, de ce fait, indispensable.

JE TE VOIS (4)

Photo n° 5
Hameau de Veaux, commune de Malaucène, Vaucluse

C'est une photo de vacances, certainement, car la lumière est déjà forte et ma mère est encore en chemise de nuit. Mon père est assis sur une chaise paillée à la Van Gogh, il porte un short blanc et une chemise à rayures verticales avec un grand col propre aux années 1970. Ma mère est debout derrière lui et se penche par-dessus son épaule. Il tient une feuille de papier à une trentaine de centimètres de son visage et ne porte pas encore de lunettes. Ils sont concentrés sur la feuille qu'ils lisent en silence car leurs bouches sont fermées. Parviennent-ils à lire au même rythme sans se concerter ? Le visage de mon père est assez grave, celui de ma mère semble plus détendu, mais ils manifestent tous deux un intérêt certain pour ce texte. Xavier me dit qu'il s'agit d'une lettre, sans doute en provenance d'Ana. Je n'en suis pas sûr. Lorsqu'Ana écrivait, elle s'adressait plutôt à ma mère. Elle l'aurait lue en premier et l'aurait peut-être ensuite passée à mon père. Non, je pense qu'elle leur a envoyé la photocopie d'un article et qu'ils en prennent connaissance ensemble, au même rythme. Je ne peux m'empêcher de penser que cet écrit me concerne, qu'il apporte des éléments nouveaux qui transformeront au retour des vacances la façon dont ils s'occupent de moi. Ils prendront sans doute rendez-vous avec l'équipe qui me suit pour présenter ces pistes nouvelles.

Ma mère passa une bonne partie de sa vie à chercher des solutions pour moi. Et lorsque l'urgence des mots se fit moins pressante, elle passa à la phase suivante. Elle posait près de moi des objets et regardait de loin comment je me débrouillais avec. Je dus bien être dupe un moment, mais très vite je repérai son petit manège. Ça pouvait être des objets du quotidien – la cuisine était un de ses laboratoires favoris –, mais aussi, parfois, des articles plus insolites. Je me souviens d'une chose plate et colorée, une rondelle de papier gaufré plié en accordéon, soutenue par un morceau de carton sur lequel était accrochés à une extrémité une coupelle métallique avec un pic en son centre et, à l'autre, un petit arceau de fil de fer. J'ai demandé l'autre jour à Xavier et il m'a rappelé le mot, lampion. *Dommage pour elle, j'avais vu mon frère en déplier un à Nîmes, le jour du bal du 14 Juillet. Je donnai sa forme au lampion et je plantai même sur le pic la bougie négligemment posée à côté sur la table. Ce fut pareil pour la boîte de cirage dont il fallait faire basculer l'ailette pour l'ouvrir : j'avais vu mon père cirer ses chaussures, c'était facile, il suffisait de reproduire ses gestes.*

S'ensuivaient généralement de longs échanges téléphoniques que j'écoutais, caché dans le couloir, juste à côté de la porte. Ma mère appelait Ana et c'était toujours le même rituel. Elle composait un long numéro sur le cadran et disait simplement : "Tu peux me rappeler ?" Lorsque le téléphone sonnait, une unique fois puisqu'elle était assise à côté, elle ne disait pas "allô ?" mais simplement "oui". Cela était perturbant pour moi qui étais alors occupé à programmer mon cerveau à dire ce fameux "allô ?" qui ne signifiait rien. C'était l'aboutissement de la planification que je devais construire depuis le signal sonore dérangeant qui indiquait qu'il fallait saisir le combiné en plastique, le poser contre mon visage entre l'oreille et la bouche comme un croissant de lune qui aurait fait communiquer l'organe producteur et l'organe récepteur et là, il fallait articuler sans crier un "allô ?" franc et massif. Et alors que je m'astreignais à cet apprentissage, ma mère, avec Ana, s'affranchissait de ce rituel social. Oui, cela était perturbant.

Je pense donc qu'Ana fut l'inspiratrice du défi suivant. Ensemble, elles avaient trouvé l'objet idéal, celui que, forcément, je ne pouvais pas connaître, car il provenait du passé. C'est ainsi qu'un jour en entrant dans notre séjour, je me retrouvais confronté à une boîte en bois carrée surmontée d'une manivelle. Je compris que cette surprise, posée bien en évidence sur la table, m'était réservée. Je commençais à bien connaître ce jeu. J'entrepris donc l'exploration méthodique de la chose. La coupole métallique située sous le bras de manivelle s'ouvrait en coulissant, révélant un orifice assez profond. Au bout de mes doigts, je sentis des roues métalliques. En dessous, dans la caisse en bois, s'ouvrait un tiroir que l'on pouvait entièrement sortir de son logement. En explorant l'orifice vers le haut, mes doigts rencontrèrent encore des roues métalliques, sans doute les mêmes. Je compris peut-être que ces engrenages constituaient le lien entre le haut et le bas. La douleur qui traversa la pulpe de mon majeur lorsque je tournai la manivelle et que les roues se mirent en action m'en apporta la confirmation. Une intuition me mena à la cuisine à la recherche de grain à moudre, et je jetai mon dévolu sur une poignée de corn-flakes qui firent un bruit délicieux en descendant dans la trémie pour être broyés et ressortir en poudre dans le tiroir-réceptacle. Ce jour marqua pour moi une grande victoire. Je laissai au milieu de la table ce qui se révéla par la suite être un moulin à café, le tiroir entrouvert, avec quelques corn-flakes posés sur la nappe juste à côté. En rentrant, ma mère passa un bref coup de fil et le téléphone sonna en retour. Bien qu'elle sût que je n'aimais pas beaucoup ça, elle me prit dans ses bras pour poser des baisers sur mes joues. Et elle prépara un flan au caramel pour le dessert. Je n'avais pas très faim et c'est Xavier qui s'en bâfra. Je n'en ai plus un souvenir exact, et pour être franc j'invente un peu, parce que ça me fait rire d'imaginer la tête de mon grand frère lorsqu'il lira ces lignes. C'est mon tribut à notre complicité car ces lignes ne sont pas toutes issues de ma mémoire. Sans ses récits je ne serais sans doute pas parvenu à tout reconstituer. Les pensées de ma mère, c'est plutôt lui qui m'y a donné accès.

ÉTREINTES

Xavier remonta les draps sur la chaleur de leurs corps qui, il y a un instant encore, n'étaient qu'un. Il soupira, bascula sur le dos, les yeux rivés au plafond. Clara souriait, une main posée sur le ventre de son amant, montant et descendant régulièrement au rythme de sa respiration. Entre les rideaux de la chambre, les premières lueurs d'un printemps précoce se frayaient un chemin jusqu'au sol où elles dessinaient des rayures irrégulières. La lumière du Sud annonçait déjà la promesse d'un été à venir. Ils avaient traversé ensemble les mois aux jours les plus courts et, ensemble, ils dériveraient bientôt entre Camargue et Cévennes jusqu'à enjamber l'automne et aborder un nouvel hiver. Sans savoir réellement pourquoi, Xavier regardait l'avenir avec sérénité. À cinquante ans passés, il avait vécu un certain nombre d'histoires, elles avaient duré un moment, quelques années parfois, mais jamais il n'avait éprouvé cette facilité à se projeter. Généralement, il avait subi la succession des jours qui devenaient des semaines, puis par hasard des mois, mais il n'était pour rien dans cette suite arithmétique, elle se déployait malgré lui. Cette fois, il lui semblait possible de devenir l'artisan d'une durée qu'il appelait de ses vœux.

Le regard de Xavier scruta méticuleusement le plafond à la recherche d'un détail sur lequel ses yeux pourraient s'accrocher. C'était pour lui une vieille habitude après l'amour, s'attacher à une anfractuosité rassurante pour canaliser les vagabondages de l'esprit propres à cette circonstance. Mais il avait beau chercher, la surface immaculée récemment repeinte n'offrait en apparence aucun défaut, pas une fissure. Sa persévérance lui révéla cependant un tout petit relief, sans doute un fragment de la matière ouatée du rouleau agrégée à la peinture, ce qui lui suffit pour appareiller vers les méandres de son esprit.

Xavier avait toujours pensé que l'étreinte de deux corps révélait quelque chose des êtres qui s'y projetaient. À l'instant où l'unicité dépasse la dualité, il se produisait selon lui un événement propre à chaque couple, constituant la narration d'un trésor partagé, quasiment inaliénable, et peu importe qu'il soit passé, présent ou en devenir.

Que racontait l'union charnelle de Clara et Xavier ? La peur de se dissoudre dans le chaos du monde peut-être, chacun se raccrochant à l'autre. Ou encore la jouissance d'un acte gratuit dont il ne resterait ensuite aucune trace ailleurs qu'en eux-mêmes. Ils appartenaient à la société secrète de ceux qui savent que les entrelacs de leur pensée ou l'agencement incertain de leurs actes n'intéressent pas grand monde. La géographie quotidienne de leurs déplacements imposant des contacts avec d'autres personnes si différentes d'eux, ils avaient appris à montrer autre chose que ce qu'ils étaient. La fusion amoureuse d'un homme qui s'attache aux traces de ce qui était avant que le progrès ne balaie tout dans son sillage et d'une femme qui s'intéresse exclusivement aux auteurs qui n'écrivent plus dessine la promesse que l'indicible et l'absolument provisoires existent vraiment. Ils s'étaient reconnus aux jardins de la Fontaine, face à face dans cet espace silencieux où l'obscurité s'épaississait peu à peu. Ni l'un ni l'autre ne portait d'écouteurs sur les oreilles, ne parlait dans le micro d'un téléphone ni n'avait les yeux rivés à un écran. La trajectoire de Clara et celle de Xavier pouvaient donc se croiser, s'entrechoquer dans la brume qui montait des bassins.

Depuis des années, Xavier a su s'adonner librement à sa passion pour ce qui a permis aux hommes de se rencontrer, ces axes grâce auxquels ils ont pu échanger et progresser en apprenant de l'autre. Il a encore la naïveté de croire en ce monde-là, celui où le virtuel n'a pas tout supplanté, celui où l'on prend le risque de se confronter à la présence physique de l'autre dans ce qu'elle peut avoir parfois de dérangeant. Xavier vit en réalité dans un monde rayé de jolis rubans oscillants qui s'appellent Via Aurelia, Route de la soie, Caravane des épices, voies du prosélytisme religieux. Lorsqu'il roule sur l'autoroute en direction de Montpellier, il est sans doute le seul à se déplacer sur la Via Domitia. Ce qui l'anime réside dans l'idée que chacun sans le savoir met ses pas dans ceux des autres. Car il n'existe pas une si grande variété d'itinéraires possibles pour se rendre d'un point à un autre en tenant compte des contraintes de la géographie. À quelques mètres près, le passage d'un col qui relie deux vallées varie très peu. Ainsi a-t-il trouvé le point de vue idéal pour pouvoir encore admirer l'espèce humaine, déceler du génie dans ses œuvres. Au milieu des prairies en friche, les animaux dessinent des traces en avançant les uns derrière les autres et en choisissant de passer là où les broussailles ont été couchées par d'autres avant eux. À l'inverse, sans états d'âme, quels que soient l'époque et les outils à sa disposition, l'homme terrasse, aplanit, élargit, travaille pour la postérité. Pour faire passer des troupeaux, des chariots, des véhicules, on déplace des blocs de pierre ou on charrie de la terre, on crée une chaussée en sable, la pave, la recouvre, la ferre, l'entretient. Les caprices du temps sont en réalité ceux de l'espèce humaine, on décide de passer par ailleurs quand on n'a plus besoin de relier deux points dont la connexion, peu de temps auparavant, semblait encore essentielle. Les temps changent, dit-on, quand ce sont seulement les hommes qui changent d'avis. Et si Xavier n'y veille pas, qui saura dans quelques années que sous les kilomètres carrés de bitume noir du parking d'un immense centre commercial passait une voie ferrée qui apportait jusqu'au centre de la ville voisine les denrées de première nécessité, articles qu'il faut désormais aller chercher à l'extérieur, dans des cités lunaires dont les enseignes lumineuses empêchent de voir les étoiles ? Évidemment, cela n'intéresse pas grand monde, mais ne serait-il pas juste de rendre hommage à tous ceux qui, une pioche ou une pelle à la main, ont sué sang et eau pour faire advenir le progrès ? Aujourd'hui, sur le même mode, ce sont les travaux de Xavier qui sont relégués au troisième sous-sol des archives de l'université.

Il l'avait appris au mois de février, les restrictions budgétaires imposaient de fermer son laboratoire.

Bien sûr, son poste était transféré, il ne se retrouvait pas à la rue, mais il devait rejoindre le laboratoire de géographie physique de l'université voisine et se verrait sans doute dans l'obligation de se conformer à la ligne de recherche définie bien avant son arrivée. Leur fonds n'était pas perdu, il avait été numérisé à temps grâce à ses jeunes assistants qui, en retour, n'auraient d'autre choix que de reprendre une activité universitaire plus normée et chercher un poste ailleurs.

Xavier sentit la lourdeur de la tête de Clara au creux de son coude et comprit qu'elle s'était endormie sur lui en travers du lit. Sous une légère couverture piquée, les courbes de Clara montaient et descendaient au rythme de sa respiration. Xavier avança sa main et la posa délicatement sur le point fixe de sa hanche. Elle soupira et émit un léger sifflement entre ses lèvres ouvertes, mais ne se réveilla pas.

Pour elle, la situation était un peu différente, elle donnait des cours, ce qui lui permettait de poursuivre ses recherches pour la thèse qu'elle faisait avancer à son rythme, sans grande contrainte. Son sujet déconcertait, mais personne ne s'y opposait non plus.

Comme Xavier, ce qui l'intéressait était aussi profond que confidentiel, mais Clara, elle, s'exposait à un risque majeur avec ses études de cas qui pouvaient à tout moment être discréditées par un revirement de l'auteur. C'est ce qui s'était produit récemment avec C., l'écrivain auvergnat dont elle avait recueilli le témoignage. Il l'avait soudain appelée, heureux de lui annoncer qu'il s'était remis à l'ouvrage comme à vingt ans, avec la même énergie, dans l'urgence d'une nécessité absolue. Mais depuis son retour d'Israël, les travaux de Clara semblaient avoir pris un nouvel élan. Elle ne lui avait pas rapporté cette scène, mais Xavier imaginait assez bien Ana la rassurant d'un air espiègle : avec une femme de quatre-vingts ans, le risque qu'elle se remette à écrire était assez mince.

Xavier observa Clara, et fut bouleversé par la confiance qui émanait de son sourire endormi. Lovée contre lui, elle s'abandonnait totalement à la sécurité de ses bras.

ESSENCE

“Tu vois, là, c’est nous. Toi, le puzzle et moi, le vase scellé.”

La paroi de verre, au premier plan, reflétait leurs silhouettes et l’image fantomatique de leurs deux visages formait un écran entre leurs yeux et les poteries antiques enfermées dans la vitrine, une urne et une jarre exposées ensemble pour une raison qui échappait à Henry car les notices explicatives n’avaient pas encore été fixées.

L’urne rouge à motifs noirs ne devait sa verticalité qu’aux nombreuses réparations en plâtre qui comblaient ses lacunes. Et pourtant, ces triangles blancs qui interrompaient le motif noir n’empêchaient pas de percevoir le mouvement de la procession qui tournait autour de l’arrondi du vase. La jarre était d’une facture plus grossière, sa forme légèrement irrégulière et l’effet d’affaissement de sa masse sphérique donnaient l’illusion qu’elle était encore modelable bien que la terre ait été figée dans le feu plus de deux millénaires auparavant. Le col de la jarre était agrémenté d’un boudin d’argile crue fendillé et discontinu. Le couvercle, posé en équilibre et légèrement décalé, avait dû être descellé pour permettre d’explorer le contenu du récipient.

Henry sentit des larmes gagner ses paupières en une seule vague, un influx qui venait de trouver le chemin du dehors pour se dissoudre enfin. Il avait bien entendu, Benoît venait de dire *nous*.

Henry s'essuya le coin des yeux du bout des doigts, il devait veiller à ne pas montrer trop d'émotivité tant Benoît avait du mal à déchiffrer les expressions nouvelles qui, sur un visage, le perturbaient. Pourtant, cela était une des composantes de la vie, pensa Henry, et Benoît parviendrait peut-être à s'y habituer puisqu'au théâtre, les émotions étaient son matériau. Il reproduisait leur expression par mimétisme, en observant autour de lui.

Benoît avait perçu le sanglot silencieux d'Henry et cherchait à présent à faire quelque chose de cette information. Il avait dépassé depuis un moment déjà le stade du traitement binaire qui consistait à déterminer si un événement le perturbait ou lui était indifférent. Il était désormais capable d'explorer la zone de l'entre-deux. Il se tourna vers Henry et constata qu'un immense sourire illuminait maintenant son visage. Émotion positive, grande joie, bonheur inattendu. Henry aimait beaucoup les antiquités grecques. Ou alors, se dit Benoît, Henry était content qu'il ait réussi à les reconnaître sous leurs déguisements de poteries.

L'exposition n'était pas encore ouverte au public. Son commissaire était un ami d'Henry, il les avait fait entrer, puis les avait laissés déambuler dans les salles en cours d'aménagement. La lumière n'était pas réglée, ce qui réservait d'immenses poches d'obscurité dans certaines galeries. Il fallait contourner les caisses en sapin qui abritaient les œuvres. Des peintres, le rouleau à la main, procédaient à quelques retouches sur les murs nus. Depuis leur arrivée, ils avaient observé avec amusement le ballet des escabeaux et des niveaux à bulle.

Henry eut besoin de s'asseoir, il avisa une banquette en velours qui attendait sa place définitive et s'y laissa tomber. Benoît l'imita, il était retourné à son silence, ce qui permettait à Henry de tirer sur le fil qu'il avait attrapé grâce à lui. Car Benoît venait de lui donner la clef qu'il n'était pas parvenu à trouver seul. Il visualisait la poterie, ses fragments, les réparations qui autorisaient la renaissance de l'objet, se concentrait, sentant qu'il approchait de quelque chose, la répétition d'une scène plus ancienne.

Vers la fin de sa psychanalyse, il avait découvert par hasard, au détour d'une ruelle de Lacco Ameno, au large de Naples, la Coupe de Nestor. Il était en effet entré au Musée archéologique à la recherche de fraîcheur en plein midi et avait posé un regard distrait sur des tessons de poterie qui témoignaient de l'histoire antique d'Ischia. Les vitrines où alternaient reliques argileuses et cartels avec numéros d'inventaire peinaient à capter son attention et, poursuivant sa déambulation, Henry avait fini par découvrir une salle rénovée. La muséographie semblait avoir été repensée et, au-dessus de la porte, un panneau annonçait l'aspect exceptionnel de l'accrochage : *Alle origini della scrittura greca**.

Deux vitrines se faisaient face, et les murs s'ornaient de grands panneaux explicatifs en plusieurs langues, des schémas, des illustrations et des photographies,

* Aux origines de l'écriture grecque.

mais Henry n'en prit connaissance que bien après, car il fut d'abord aimanté par une poterie de petite taille, un kotyle, dont l'éclairage soulignait la modestie. La couleur de la terre était presque terne, ses deux oreilles symétriques lui donnaient un air bonhomme et ses motifs géométriques n'avaient rien d'extraordinaire. Pourtant, Henry ne pouvait se détourner de cette sorte de tasse étrange, sans comprendre encore ce qui se jouait là, mais troublé. Ce vestige n'était qu'une reconstitution patiente, ouvrage d'un archéologue autour de ses nombreuses lacunes. La teinte blafarde de la matière plâtreuse qui comblait les trous et restituait fidèlement le volume de l'objet, tout en lui permettant de tenir debout, trouvait un étrange écho chez Henry. Il avait ensuite observé le deuxième objet, une cruche brisée à plusieurs endroits, mais sans manque. Enfin, il s'était tourné vers les panneaux explicatifs. Il se trouvait face aux deux plus anciens spécimens d'écriture grecque retrouvés par les archéologues : l'Œnochée du Dipylon prêtée par Athènes, et la Coupe de Nestor découverte à Ischia dans la tombe d'un enfant. Retourné aux vitrines, il constata que chaque poterie portait bien une inscription gravée.

Sur le kotyle d'Ischia, les vers renvoyaient à Nestor, disait-on, héros grec seul rescapé d'une fratrie de douze enfants, qui fut l'un des rares guerriers à rentrer de la guerre de Troie et à vieillir paisible, entouré des siens.

De retour de vacances, Henry avait cherché à comprendre l'épisode du Musée archéologique d'Ischia. Il avait exploré la scène au cours de ses séances et avait attribué son trouble à l'endroit où le kotyle avait été découvert. La tombe de l'enfant mort avait occulté la réalité de l'objet, l'empêchant de le regarder vraiment. Des vers inspirés d'un épisode de l'*Iliade*, célébrant l'amour et la fête, avaient été gravés sur une poterie funéraire placée dans la tombe d'un enfant de dix ans, l'âge qu'avait Henry lorsqu'il était arrivé de la Réunion dans une ferme de la Creuse pour trouver une famille, adoption qui ne s'était pas révélée très salvatrice, au point qu'il quitterait définitivement cet endroit à dix-huit ans en partant à l'université.

Benoît voyait juste, le kotyle d'Ischia ne le renvoyait pas tant à son histoire qu'à ses origines. Henry n'était autre que cet assemblage de tessons tenus entre eux par des liens de plâtre chargés de restituer l'essence même de son être, son empreinte originelle. Les trous de son histoire ne l'empêchaient plus d'exister et de se tenir debout. Son essence était indépendante de toute structure narrative, Henry existait d'abord pour ce qu'il était et non pour ce qu'il avait pu vivre. Son expérience formait une sédimentation qui racontait peu de lui, mais Benoît, de façon très instinctive était allé plus loin.

Henry se leva et jeta un dernier coup d'œil à la salle en cours d'aménagement. Deux employés venaient de coller des cartels sur la vitrine et à présent, ils réglaient la lumière. Le faisceau se posa sur la jarre et Henry fut touché par la bonhomie de la poterie un peu gauche qui révélait maintenant ses courbes. Le couvercle ne servait plus à rien, Benoît avait appris à vivre sans, il était sorti affronter le monde. Déjà, Benoît se dirigeait d'un pas assuré vers la sortie, il avait eu sa dose d'obscurité pour la journée. Henry le suivit dans le dédale des salles. À l'extérieur, ils furent accueillis par des trombes d'eau. Une pluie d'orage s'abattait brusquement sur la ville. Recroquevillés sous le porche, ils cherchèrent à s'aplatir contre la porte autant qu'ils le pouvaient. En vain. Ils ruisselaient et leurs chaussures étaient déjà remplies d'eau. Cela fit beaucoup rire Benoît.

LA JEUNE FILLE ET LA MORT

Photo n° 2
Extérieur, mur avec végétation, Vaucluse, sans doute

On dit d'un visage qu'il est insondable, comme si la compréhension d'une expression passait par le prélèvement d'un échantillon à l'intérieur, derrière la façade cutanée, à l'aide d'une longue aiguille. La photographie ajoute encore un écran en fixant le regard sur une surface plate. Ce n'est pas le sourire de ma mère qui m'empêche d'interpréter le cliché, il ne m'a jamais gêné. Non, cette fois, ce n'est pas un instant de vie qui a été attrapé au vol. La pose est calculée, ce n'est pas elle, mais l'image qu'elle veut fixer. Cette photo, je lui ai donné un titre, je l'appelle "la Madone". Le poupon repu qui repose comme une cornemuse dégonflée sur les genoux de ma mère, c'est moi, une bulle de lait pendant à la commissure de mes lèvres boudeuses. Je viens de téter, c'est mon premier été. Elle fixe l'objectif, extatique comme une Vierge de la Renaissance tardive. L'influence pourrait venir également du cinéma italien, il y a de la Magnani dans le port de tête et le sourire bravache. Une petite ressemblance avec Romy Schneider, celle de César et Rosalie, *on est à l'aube des années 1970. Cette pose renvoie-t-elle à la femme qu'elle aurait secrètement voulu être ? Jamais elle ne m'en parla et je dois m'accommoder de mes suppositions.*

Ce que je perçus pourtant, ce sont ses modèles. J'eus accès à son panthéon féminin personnel, ses inspiratrices, toutes celles qui lui permirent d'être qui elle était. Et chaque fois qu'elle m'entrouvrit la porte de ce sanctuaire, ce fut au moment où elle le recomposait, à l'occasion d'une disparition, comme si elle n'avait pas été capable d'en parler autrement qu'en ces circonstances. Elle ne parlait jamais de la disparition de ses parents, ils étaient morts voilà tout, mais pour ses inspiratrices, elle improvisait toujours une oraison funèbre. Rétrospectivement, je comprends qu'elle parlait alors de transmission, ce que lui avait légué celle qui s'en allait. Et pour moi qui ai toujours eu du mal à différencier là et pas là, ce n'était pas toujours facile à comprendre. J'y voyais sans doute seulement l'occasion qu'on me raconte une belle histoire.

Il y eut Simone, puis Simone et encore Simone, enfin Gisèle apparut, et elle était encore bien vivante.

Ses Simone

Le jour où Simone Signoret est morte (1985)

C'était un matin, ma mère écoutait la radio en préparant le petit-déjeuner. À l'époque, elle avait décidé qu'il nous fallait un jus pressé chaque jour et elle était donc en train de torturer une orange, les mains poisseuses de pulpe, lorsque la nouvelle tomba.

Elle dit : "Oh, Simone Signoret est morte… Mince, c'est une triste nouvelle."

Et moi, je répondis : "C'est qui ?"

Bien entendu, je ne fis pas le lien entre sa mine attristée et ses mots. D'ailleurs, quand bien même en aurais-je été capable, elle ne m'en laissa pas le temps. Le débit était rapide, peut-être masquait-il son émotion ? Je perçus assez bien ce que ma mère était en train de faire. C'était la première fois, mais ça devait se reproduire par la suite dans des circonstances identiques, donc je ne le perçus peut-être pas, mais plutôt le déduisis-je ultérieurement. Elle construisait un de ces petits autels que l'on peut voir dans les restaurants asiatiques de mon quartier. Elle ne déposait ni fleurs ni fruits, mais ses mots bourgeonnaient en un bouquet coloré qui venait raconter en quoi cette disparue, si peu proche d'elle, avait changé sa vie.

Ainsi donc, je fis la connaissance de Simone Signoret. Ma mère me parla de Casque d'Or *de Jacques Becker et d'*Impasse des Deux-Anges *de Maurice Tourneur. Cette femme, qui avait marqué toute une génération en faisant irruption dans son imaginaire par la sensualité, avait soudain décidé de changer de porte. Elle avait cessé d'entretenir sa beauté jusqu'à l'anéantir pour ne pas rester une belle image sur une pellicule et montrer autre chose d'elle-même qui l'intéressait sans doute davantage. Elle était devenue l'incarnation d'une femme qui pense et qui s'engage politiquement, à une époque où les épouses* *que ses films avaient fait rêver devaient encore recueillir l'autorisation de leur mari pour ouvrir un compte en banque. Elle avait aussi incarné un engagement communiste et cela forçait peut-être l'admiration de ma mère qui, elle, n'avait jamais pris sa carte. Sympathisante dans sa jeunesse, entourée d'amis qui avaient adhéré, elle est pourtant toujours restée sur le seuil sans jamais franchir la porte. Lorsqu'il n'avait plus été possible d'ignorer les crimes de Staline et qu'ensuite, la jeunesse tchécoslovaque réclamant simplement une certaine liberté d'expression avait été réprimée dans le sang, ma mère avait, je crois, tourné le dos à certaines vieilles amitiés. Ce destin public de femme qui sait sans vouloir savoir, s'entête et peut même faire preuve d'une certaine mauvaise foi par fidélité à un vieil idéal la touchait. Simone, par ses erreurs assumées, avait sans doute conforté ma mère dans ses choix, elle qui ne s'était pas engagée dans la même voie que les autres. Sa lucidité ne lui avait pas autorisé les mêmes errances et elle le regrettait peut-être.*

À l'époque, j'étais très occupé avec moi-même et j'avais encore du mal à m'intéresser aux autres. Simone Signoret avait un magnifique sourire et, comme nous n'avions pas de grands-parents, j'y voyais sans doute une gentille grand-mère. Je ne perçus pas ce que ma mère voyait en elle.

Cette femme abîmée avait décidé qu'elle ne serait pas seulement un objet de désir, celle qui avait gagné un Oscar à Hollywood, ça elle l'avait caché à l'intérieur, ça ne regardait qu'elle, pour les autres elle était une femme vieillissante et marquée par la vie. Pour peu qu'elle ait porté un trench-coat mastic tout droit et un cabas en moleskine pour aller acheter des légumes, il aurait fallu être perspicace pour la reconnaître. On se serait peut-être dit que cette vieille dame ressemblait vaguement à Simone Signoret. Mais son regard la trahissait, plusieurs vies se bousculaient derrière ses iris clairs.

Pourtant, je pense que cet épisode ne fut pas sans conséquences. Dans les mois qui ont suivi, ma mère m'emmena méthodiquement voir les films dans lesquels Simone Signoret avait joué ses plus grands rôles, et c'est peut-être ainsi que je découvris combien jouer la comédie permet d'accéder à un kaléidoscope d'existences qui sauve de la sienne en permettant de la transcender. Souvent, avant de monter sur scène, je pense à tous les baladins qui y sont passés avant moi, ils me poussent affectueusement dans le dos pour que je ne recule pas et parmi eux se tient une femme qui porte de grandes lunettes sous son abondante chevelure grise, Simone qui me sourit avec beaucoup de bienveillance et une certaine malice.

Le jour où Simone de Beauvoir est morte (1986)

Une année après, c'était toujours un matin, la radio annonça la mort de Simone de Beauvoir et naturellement, je dis encore : "C'est qui ?"

Ce qui est étonnant, c'est que ma mère me parla en premier lieu de son élégance, son turban, ses tailleurs, sa silhouette, son maquillage discret. Elle trouvait qu'elle ressemblait à certaines femmes de sa famille, s'inventant une sorte de cousinage ou de sororité avec elle. C'était peut-être cette image bourgeoise qui l'avait d'abord attirée et incitée à la lire. Elle mentionna son œuvre autobiographique, les Mémoires d'une jeune fille rangée *l'avaient beaucoup touchée, puis* La Force de l'âge, *d'un livre à l'autre on assistait à l'éclosion d'une intelligence exceptionnelle et de sa permanence dans le temps. Elle dit comment Simone de Beauvoir avait permis aux femmes d'advenir, son rôle dans la construction d'une condition féminine qui refusait de se soumettre à l'homme. Enfin, elle évoqua son courage pour défendre les droits de femmes algériennes emprisonnées pendant la guerre d'Indépendance.*

Il ne s'était écoulé qu'une année depuis la disparition de Simone Signoret et je ne m'étais pas encore ouvert au monde de façon décisive, mon approche était balbutiante et j'étais toujours essentiellement centré sur ma personne. Cependant, je compris assez confusément à ce moment-là que ma mère me transmettait pour l'avenir l'idée d'un combat, la volonté de rester toujours juste pour pouvoir affronter le visage que nous renvoie le miroir jour après jour. Je ne fus pas capable alors de l'exprimer, mais je sais aujourd'hui que j'étais honoré qu'elle consentît à me livrer cette part d'elle-même. Ce n'était plus seulement une mère qui s'adressait à son fils à ce moment précis et c'est sans doute ce qui m'empêcherait toujours d'en reparler avec elle. Ce fut un instant fugace qu'il était impossible de retenir, mais il se produisit là quelque chose de rare. La confiance que ma mère m'accordait était précieuse, elle voyait en moi un terrain fertile et comme le semeur de Van Gogh, elle préfigurait l'avenir, jetant des graines à la volée dans l'espoir qu'elles germent un jour.

Le jour où Simone Veil est morte (2017)

Ce jour-là, ma mère n'écoutait pas la radio en préparant le petit-déjeuner parce qu'elle était déjà morte. C'était le début de l'été, Paris prenait des airs nonchalants, les terrasses s'animaient. C'était un vendredi, j'avais retrouvé Xavier à côté de chez nous pour boire un verre dehors, il était prévu que nous allions dîner chez lui ensuite. Il avait passé la journée dans son laboratoire, coupé du monde, et c'est en rentrant qu'il avait allumé la radio en se mettant en cuisine. La nouvelle lui était donc parvenue en fin de journée.

Cette fois, je ne peux prétendre que j'ignorais qui elle était. La silhouette était certes un peu floue, mais je savais que c'était quelqu'un d'important. En revanche, je fus surpris par la réaction de Xavier qui avait les larmes aux yeux. J'ai toujours du mal à comprendre qu'on pleure dans ces circonstances, mais je m'y suis fait, je ne m'étonne plus des reniflements aux enterrements, je me conditionne avant d'y aller pour que ma surprise soit indétectable et je baisse la tête pour que personne ne puisse déchiffrer mon visage ou remarquer la sécheresse de mes yeux. Mais hors contexte, cela me troubla et mon frère s'en aperçut. Toujours prévenant, il s'excusa de sa réaction sans doute disproportionnée pour la mort d'une femme qu'il n'avait jamais rencontrée. Il se confondit en explications que je ne lui avais pas demandées, mais dans son discours, une phrase attira mon attention. "J'ai le sentiment d'avoir perdu maman une deuxième fois, elle me fait penser à elle, je ne sais pas pourquoi..." C'est ce qui m'incita à aller fouiller dans la biographie de Simone Veil.

Si j'observe les images, je me trouve face à une femme de la bourgeoisie avec tailleurs Chanel et chemisiers en soie, le front tendu par un gros chignon en une expression sévère et pourtant souriante, la clarté de ses yeux apportant une note de douceur et d'innocence. Et la profondeur de ce regard qui devait s'ouvrir sur les gouffres du passé, tout ce qu'elle avait vu, connu, enduré, était enfoui là, presque impossible à dire. Il aura fallu le maniement d'une truelle lors de la très protocolaire pose de la première pierre d'un centre hospitalier pour que les mots franchissent ses lèvres. Elle revenait de là-bas, de l'indicible que seuls les survivants pouvaient concevoir, elle avait compris que sa condition de femme dans un monde d'hommes l'avait exposée davantage et elle avait décidé de consacrer ses années de vie à faire évoluer l'existence des autres. Ma mère avait fait mon éducation politique, elle avait passé tant de temps à me parler, presque autant que j'en mis à lui répondre. Elle m'avait donc parlé de la Shoah avec d'infinies précautions d'abord, puis avec davantage de précision. Elle m'avait raconté l'histoire de son amie Ana et de leur rencontre. Pour moi cela relevait d'une forme d'abstraction, il était difficile de me figurer le collectif dans l'abomination, mais j'arrivai à percevoir la violence de l'anéantissement, comme quelque chose d'organique qui me parlait tout en me dépassant.

Ma mère était une jeune enfant pendant la guerre, une dizaine d'années à la Libération, elle n'avait pas eu à se poser la question de l'engagement, son jeune âge l'en exonérait, et je pense que Simone Veil incarnait cela, mais transposé dans l'après-guerre, à son retour, lorsque ma mère était adolescente, puis jeune fille puis femme, le combat d'une survivante, même si on le savait encore peu.

En 1974, ma mère a trente-neuf ans et Simone en a quarante-sept, tellement vulnérable lorsqu'elle monte à la tribune de l'Assemblée nationale. Le 26 novembre, elle vient défendre un projet de loi pour lequel elle a reçu des menaces. Elle ne porte pas un tailleur ce jour-là, et je pense que ce n'est pas un hasard si son corps est moins dissimulé que d'ordinaire. Le tissu fluide d'une robe bleue a remplacé le gros drap de laine qui la caparaçonne habituellement. Elle vient parler du corps des femmes et elle fait alliance avec elles, elle rompt la distance instituée par la femme politique costumée pour sa fonction. Ces quelques marches doivent lui sembler interminables, elle ne peut plus reculer, elle doit y aller, mais elle n'est pas seule, une longue colonne de victimes la pousse dans le dos avec chaleur, elles sont là, celles qu'on a déféminisées en les déshumanisant, ce sont ses sœurs.

La voix est d'abord imperceptiblement hésitante, une ou deux ruptures toniques, mais rapidement, elle prend son élan et plus rien ne peut l'arrêter.

“Je voudrais tout d’abord vous faire partager une conviction de femme – je m’excuse de le faire devant cette assemblée presque exclusivement composée d’hommes…” À l’époque, elles sont huit femmes pour quatre cent quatre-vingt-deux hommes. En entendant le soir, retransmis à la radio, cet extrait de son discours, ma mère dut éprouver de la reconnaissance et une certaine forme de fierté, quelque chose était sur le point de changer. Ce jour-là, ma mère, pourtant si pointilleuse en politique, décida d’oublier que Simone Veil n’était pas une femme de gauche. Si même un président de droite était capable de demander à une citoyenne, après lui avoir confié un ministère, de préparer et défendre une loi qui libère le corps des femmes de plusieurs millénaires de servitude, cela signifiait que les sociétés occidentales devraient composer avec le deuxième sexe.

Et puis l’été dernier, c’est moi qui, seul, pus porter le deuil de la dernière de la longue file des Troyennes de ma mère. Je ne m’effondrai pas en sanglots, non, je n’ai toujours pas appris à le faire au moment attendu, mais j’eus la satisfaction de découvrir à la une des journaux une femme que je connaissais. Je pouvais participer à cet élan d’hommage collectif et trouver ma place parmi les autres parce que je savais, ma mère m’avait dit.

C’est un moment de partage avec ma mère, nous sommes tous les deux devant la télévision. Gisèle Halimi vient présenter son dernier livre, autobiographique, Le Lait de l’oranger. *Ce doit être chez Bernard Pivot, à* Apostrophe, *en 1988. À soixante et un ans, elle est d'une beauté stupéfiante pour le très jeune homme que je suis : un sourire charmeur empli de sérénité, un très joli visage, des yeux sombres et pétillants, charmeurs. Une force extraordinaire émane de cette femme et ma mère décide de m'expliquer pourquoi. Pour la première fois, elle n'attend pas la disparition d'une des figures de son Olympe personnel pour m'en révéler l'existence.*

Gisèle Halimi était en quelque sorte une passagère clandestine car elle ne s'appelait pas Simone – cependant ma mère me révéla rapidement ses liens avec Simone de Beauvoir au moment de la guerre d'Indépendance en Algérie et le rôle essentiel de Simone Veil, alors à la tête de l'administration pénitentiaire, pour rapatrier dans les prisons de métropole les prisonnières politiques algériennes afin de les soustraire à la torture et aux conditions sanitaires déplorables des geôles de la colonie –, mais elle était avocate et cela générait son admiration inconditionnelle. Elle était de celles qui avaient placé leur vie au service de la défense des autres et des causes qu'elle jugeait justes : la lutte contre la domination coloniale, le droit des femmes… Je ne me souviens plus des mots exacts de ma mère, mais je compris que Gisèle Halimi avait transcendé son histoire et ses racines en plaçant son idéal de justice au-dessus des contingences propres à une société à une époque donnée. Elle incarnait la preuve que tout est toujours possible.

Je lus le numéro de Libération *du 29 juillet dernier en pensant à ma mère, la madone qui me tient sur ses genoux face à l'objectif, l'été de ma naissance.*

LE REFUGE

Personne ne sut jamais comment elle était arrivée là, si pleine de vie. Sa façon presque gourmande de s'approprier les situations et les êtres fascinait tous ceux qui la croisaient. On ne pouvait qu'imaginer ce qu'elle avait traversé car elle refusait d'en parler, mais les événements semblaient avoir glissé sur elle. En apparence, elle était intacte, comme si sa force vitale l'avait protégée.

Elle arriva un jour au fort et, l'instant d'après, ce fut comme si elle avait toujours été là. Benoît répétait une scène avec deux autres comédiens, il y avait quelques chaises disposées autour du metteur en scène pour ceux qui n'intervenaient pas, et c'est là qu'elle s'était posée, au fond, sans faire de bruit. Son regard autoritaire avait imposé le silence. Ses yeux noirs avaient quelque chose de dur, pas seulement déterminé. Un éclat intimidant irradiait des deux petites billes foncées plantées loin dans leurs orbites. Ce visage fermé, qui n'était déjà plus celui d'une enfant, disait la gravité de sa pensée. *Si la vie doit choisir entre toi et moi, ce sera moi, je passerai devant.* Personne n'avait osé lui demander ce qu'elle faisait là et il avait fallu plusieurs jours pour que l'un d'eux lui parle vraiment.

Le metteur en scène avait écrit une adaptation de *Plus haut que la mer*, le roman de Francesca Melandri. Benoît jouait le rôle du gardien à qui le père racontait à chaque passage du sas de sécurité ce qui s'était passé à l'extérieur. Ils avaient choisi ce fort Vauban pour la création et, prisonniers du silence humide des pierres, les comédiens semblaient trouver naturellement la juste couleur de leur interprétation. Le travail était intense, mais le metteur en scène était d'excellente humeur. La levée d'écrou du soir était vécue par tous comme une libération, le retour à la vie ordinaire prenait une saveur particulière. Dans la voiture, la petite fille s'arrangeait toujours pour s'asseoir à côté de Benoît et parfois, elle lui prenait la main, étonnée et rassurée par ce contact plus végétal qu'organique. Elle cherchait ses doigts, Benoît ouvrait sa paume sur la banquette et elle y posait sa petite main comme une rainette vient se percher sur une feuille de nénuphar. Il fallait suivre une piste forestière au milieu des mélèzes pour retourner à la route principale qui conduisait à Briançon, c'est là que la petite fille sautait de la voiture pour rejoindre nonchalamment la maison où elle était hébergée depuis qu'elle avait passé la frontière.

Elle avait fini par dire son prénom, Hiba, mais personne ne savait si c'était celui qu'on lui avait donné à sa naissance. Elle avait ce qu'on appelle un visage ingrat, une trace plus foncée sur sa peau partait de dessous sa tempe pour rejoindre la commissure de la lèvre en dessinant une sorte de grand œil fermé, mais dès qu'elle souriait ou qu'elle riait, elle devenait la plus belle des petites filles. En la regardant, on avait le sentiment que la terre avait tremblé et qu'elle était la seule à avoir survécu au séisme. Le comédien qui jouait le rôle du fils emprisonné l'avait baptisée le Séquoia. La forêt avait brûlé, mais elle était restée debout. Hiba ne disait rien de son passé et elle refusait de donner son âge. À son arrivée, ses cheveux étaient coupés en épis irréguliers, peut-être une solution contre les parasites, une coiffure de circonstance qu'elle aurait sculptée elle-même avec des outils aux lames émoussées. Cette coupe au sécateur avait évolué à mesure que la famille qui l'hébergeait en ville tentait d'unifier la longueur, mais elle ressemblait de plus en plus à un bagnard, ce qui cadrait bien avec l'atmosphère des répétitions.

Après le départ d'Hiba, la troupe commentait la journée dans un bar de la Citadelle où ils avaient pris leurs habitudes. Ils ne la revoyaient jamais avant le lendemain et si parfois elle ne venait pas, ils s'inquiétaient. Pourtant, Hiba n'avait ni horaires ni habitudes, ils auraient dû le comprendre. Mais ils s'étaient attachés à elle, et certains pensaient même en leur for intérieur que sa présence conditionnait la réussite des répétitions. Pourtant, la nouvelle de son départ imminent ne tarda pas à arriver. La régularisation de sa situation était proche. Pour la protéger, il avait fallu officialiser sa présence sur le territoire et elle était désormais soumise à la logique administrative. En échange d'une certaine sécurité, toute la poésie qui entourait sa clandestinité avait été brisée. Sa famille d'accueil ne pourrait pas la garder, elle serait nécessairement hébergée dans un foyer pour mineurs isolés et scolarisée dans l'école la plus proche. Tous les jours, on attendait les nouvelles en provenance de Gap, on lui cherchait une place quelque part.

La date des représentations approchait et la maison où la troupe avait pris ses quartiers dans la vallée de la Clarée commença à s'animer. Famille et amis arrivaient pour assister au spectacle et profiter de quelques jours à la montagne. La voiture verte d'Henry apparut un soir au bout du chemin. Les comédiens poussèrent des cris d'accueil, agitèrent les bras, sautillèrent d'impatience. Benoît resta immobile à côté de la porte de sa chambre qui donnait sur la terrasse. Henry se gara, prit son sac dans le coffre, salua tout le monde et se dirigea vers la chambre de Benoît qui lui montra la direction comme le groom d'un grand hôtel attendant son pourboire, puis il le suivit à l'intérieur et ferma la porte. Moins de cinq minutes après, ils ressortirent tous les deux pour venir s'asseoir à la table du dîner.

Le matin, Henry profitait du soleil sur un fauteuil devant la chambre et observait le jardin en contrebas. C'était un grand pré parsemé de fleurs sauvages graciles et de gros pieds de gentiane un peu maladroits. Il descendait en pente douce vers le cours d'eau qui marquait la limite avec l'autre versant du terrain, où s'épanouissait un vieux verger qui promettait de donner des pommes bien rouges à l'automne. Henry respirait largement, cette pause qui ressemblait pour lui à des vacances devait lui permettre de se ressourcer. Sous ses yeux, le manège incessant du matin dans le jardin était des plus étranges. Chacun tournait en rond, seul, récitant à mi-voix son texte. Certains dessinaient des spirales dans l'herbe, d'autres tournaient autour des fruitiers. Benoît avançait en ligne droite d'un muret à l'autre et revenait exactement sur ses pas avant de repartir.

Son plaid sur les genoux, Henry pouvait se croire dans un sanatorium qui aurait fini par accueillir quelques aliénés dans un cadre bucolique. Un jour, une petite fille sans âge vint s'asseoir à côté de son fauteuil, le dos bien calé contre les pierres tièdes de la façade. Henry sentit qu'il n'était pas nécessaire de lui parler, et pourtant, alors qu'elle scrutait les allées et venues de Benoît, elle lui adressa la parole en anglais. Elle savait qu'il était docteur du cerveau et lui demanda comment il fallait faire pour que les souvenirs ne traînent pas n'importe où, à n'importe quel moment de la journée. Elle aurait voulu construire une sorte de placard avec des étagères pour les ranger chacun à leur place et ensuite fermer la porte. Henry ne s'étonnait plus de rien dans ce domaine, mais il fut frappé par la maturité et la détermination d'Hiba. Bêtement, il lui demanda son âge, mais elle balaya la question d'un revers de la main.

Le jour de la première, alors que Xavier et Clara venaient d'arriver, la nouvelle leur parvint enfin de Gap sous la forme d'un appel téléphonique qu'un courrier viendrait confirmer. Hiba avait une place dans un foyer du Gard, sa famille d'accueil provisoire disposait de quelques jours pour l'y emmener. Ils pouvaient aussi, s'ils le souhaitaient, faire appel aux services sociaux qui diligenteraient du personnel pour l'y conduire. Chacun s'y attendait, mais l'annonce du départ d'Hiba fut un choc. On se concentra sur le spectacle en se disant qu'elle serait encore là, le soir, avec eux. Bien sûr, se trouvait là une Sarah Bernhardt en sarouel pour se révolter au dîner contre la rigidité de l'administration et proposer de cacher Hiba comme un acte de résistance.

Henry ramena la discussion à des aspects plus factuels. Dans quelques jours ils repartaient en direction de Nîmes, il leur était facile d'emmener Hiba à son foyer des Cévennes.

Hiba n'avait presque rien, tout tenait dans un petit sac de toile. Henry le plaça dans le coffre et s'installa au volant pour laisser la famille d'accueil lui dire au revoir. Dans le rétroviseur, il aperçut la chorégraphie muette d'adieux déchirants que venait égayer la présence incongrue de Benoît, les bras le long du corps, droit comme un peuplier, attendant la fin de la cérémonie comme signal du départ. Juste derrière, il apercevait Xavier et Clara déjà en voiture, prêts à démarrer.

Sur la banquette arrière, Hiba se retourna pour faire un signe de la main. Des larmes inondaient les joues de Marika et Greg la soutenait. Hiba eut la politesse de marquer sa gratitude en affichant une certaine tristesse, mais elle avait toujours su qu'elle ne faisait que passer dans leurs vies, son chemin continuait, et le jour où elle s'arrêterait quelque part, elle l'aurait décidé. Cependant, leur chagrin avait quelque chose de communicatif. Elle repensa au petit lit confortable qu'ils lui avaient offert, à la chaleur du rectangle épais et léger à la fois qu'ils posaient sur elle le soir.

Au premier virage, leurs silhouettes avaient disparu et Hiba avait chassé de sa tête l'image de ses bienfaiteurs alpins. Derrière, dans l'autre voiture, Xavier et Clara les suivaient en lui faisant de grands signes. Lorsqu'elle les avait vus arriver quelques jours avant, elle n'avait eu aucun doute sur l'identité de Xavier. La ressemblance avec Benoît était frappante, il semblait être sa copie exacte, mais au premier regard, on distinguait nettement l'original de la copie. Chez Benoît, l'ensemble était plus harmonieux, plus beau que chez Xavier. Leurs yeux avaient presque la même couleur, mais la profondeur du regard de Benoît était incomparable, ses paupières semblaient en velours et ses cils en soie.

Hiba avait fait un signe à Xavier pour le consoler et elle s'était retournée vers l'avant. Un sentiment de sécurité qu'elle n'avait pas éprouvé depuis longtemps émanait de la présence des deux hommes dans le véhicule. Elle regardait droit devant elle et son corps se détendait. Elle sentait les muscles de ses jambes se dilater pour mieux occuper tout le moelleux du siège. Elle attendit que la conversation commence et se prépara à répondre aux questions, cela lui ferait travailler son français.

Benoît avait déplié une carte routière sur ses genoux, mais Henry connaissait la route, il n'avait pas besoin de lui pour se repérer. Benoît parlait beaucoup, mais ils ne l'écoutaient plus vraiment. Hiba avait le sentiment qu'il monologuait pour remplir l'espace, comme une chanson douce. Il commentait ce qu'il voyait par la fenêtre et, comme un guide touristique, donnait des détails inutiles. Souvent, Henry ne pouvait s'empêcher de rire, mais ça ne semblait pas le vexer.

Benoît voulait qu'elle admire les sommets de chaque côté de la route, et Hiba ne voulut pas le décevoir. Il avait l'air tellement content de leur dévoiler les beautés qui émaillaient le parcours. Elle fut obligée de tordre son cou pour placer ses yeux tout en haut de la vitre, le front collé à la portière. Alors, elle aperçut des formes découpées qui semblaient très loin dans le ciel et, en effet, ce fut une jolie surprise.

SOMMET *n. m.* (*Sumet*, 1225 ; de l'a. fr. *som*, lat. *summum* ; de *summus* "le plus élevé").
C'est le haut de la montagne, là où la neige reste toujours, la partie blanche et pointue. L'endroit où il fait le plus froid.
Mais c'est aussi ce qu'il y a de mieux, de meilleur, ce qui est tout en haut pour toi dans les choses que tu aimes.

Plus loin, la voiture s'engagea sur un pont suspendu au-dessus du lac de Serre-Ponçon. De chaque côté, l'eau s'étendait à perte de vue. C'était un lac artificiel pour produire de l'électricité. Le village avait été noyé, seule l'église, sur un promontoire, était restée hors d'eau sur ce qui était devenu une île.

PONT *n. m.* (*Punt*, 1080 ; lat. *pons*, *pontis*).
Tout le monde sait ce que c'est, il y en a partout dans le monde, en pierre, en brique, en béton, en fer, c'est ce qu'on casse en premier pour empêcher les gens de bouger. Mais ça veut dire autre chose, ce qui relie les pensées. Tu penses à une chose et ça te fait penser à autre chose, et là tu fais un pont entre tes différentes pensées.

ARTIFICIEL, IELLE *adj.* (1549 ; "fait avec art", v. 1260 ; lat. *artificialis*).
Ça veut dire que l'homme force la nature à faire une chose qu'elle ne voulait pas faire. C'est tout ce qui n'est pas naturel.
Et pour les relations entre les gens, ça s'utilise aussi, ce mot. Ça veut dire que ce n'est pas intéressant, que les gens ne te veulent pas vraiment du bien. Il faut passer au large.

La lumière commençait à baisser lorsque la voiture s'engagea dans les gorges du Jabron. Henry avait mis de la musique, des morceaux pour piano et violon. On ne voyait pas la rivière, mais on sentait l'odeur d'humus remonter vers la route avec l'humidité du cours d'eau. Xavier et Clara les avaient doublés et les feux arrière de leur voiture étaient deux points rouges qui les guidaient dans le crépuscule. Brusquement, une biche traversa la route en direction de la rivière, immédiatement suivie par un cerf, à quelques mètres de leur pare-brise. Henry avait freiné, mais ils n'étaient que deux, aucun autre animal ne se présenta.

> GORGE *n. f.* (1160 ; lat. pop. °*gurga*, class. *gurges* "gouffre").
> C'est un passage étroit entre des rochers, creusé par une rivière, mais on le comprend facilement parce qu'en réalité avant ça, c'est une partie du corps, c'est le trou en pente derrière la bouche qui conduit à l'intérieur de nous. Un trou étroit, et lorsque tu vois la rivière, tu penses à ta gorge, à son obscurité.

Bien plus tard dans la nuit, Hiba s'était endormie sur la banquette lorsqu'ils parvinrent à l'entrée des Cévennes. À la sortie d'Alès, la route suivait un moment la voie ferrée, et Benoît ne se découragea pas, il continuait de monologuer.

> VOIE *n. f.* (*Veie*, *voie*, XIe ; lat. *via* ; V. Via). (1838)
> Attention, il ne faut pas confondre avec *la voix*, on entend le même mot, mais ça n'a rien à voir. Dans ce sens-là, V-O-I-E, c'est le chemin, la direction, la trace, peut-être. Tu imagines une ouverture

dans le paysage, comme les veines dans ton corps qui transportent le sang. Les hommes les ont découvertes, tracées, ouvertes, entretenues pour pouvoir se rencontrer.
C'est joli ce mot, parce qu'il s'accroche avec plein d'autres pour t'emmener vers des réalités tellement différentes. La Voie lactée, c'est une grosse foule d'étoiles qui se pressent dans le ciel en laissant du blanc derrière elles comme les vagues sur la mer. Elles n'arrivent jamais nulle part parce que nuit après nuit elles continuent de marcher. Et puis la voie ferrée, c'est l'inverse, lourd, collé au sol immobile et docile. Elle fait le dos rond pour que les trains glissent mieux sur la fonte. Et au bout, il y a toujours une gare, le terminus, la fin du voyage. Et le train repart dans l'autre sens.

LA COLONIE

La station-service des années 1960 est abandonnée depuis longtemps, la végétation s'en est emparée avec poésie. Des figuiers, le tronc à l'abri du mur, poussent leur frondaison à travers les ouvertures. La structure en béton est restée presque blanche, mais la peinture s'écaille par plaques, dessinant des motifs mycosiques. C'est un bâtiment carré, bien stable, et la grande baie vitrée rectangulaire qui le perce à mi-hauteur offre une perspective sur l'aire en béton vide où devaient s'aligner les pompes à essence. Les vitres ont été méthodiquement brisées, il ne reste que les montants métalliques laissant couler des larmes de rouille à chaque pluie jusqu'à colorer d'orange le bas du mur.

Xavier et Henry avaient convenu de faire des pauses de temps en temps. Celle-ci serait la dernière puisqu'ils avaient déjà dépassé Alès et approchaient de Génolhac. Ils sortirent doucement de leurs voitures, poussant les portières avec précaution pour ne pas réveiller leurs passagers. Xavier appréciait cette sensation de confiance absolue qui émanait de Clara endormie lorsque sa tête s'abandonnait contre la portière. Dans l'autre voiture, Hiba avait aussi fini par sombrer dans le sommeil.

Ils arriveraient à destination au crépuscule, Henry téléphona au centre pour les prévenir. Face à lui, Xavier semblait un peu perdu, le regard posé sur le bâtiment en ruine. Henry crut percevoir la nature de ses pensées. En traversant Alès, après les puits de mine abandonnés, ils avaient longé d'interminables zones commerciales désertées. Au sommet des bâtiments, les plaques de fibrociment détachées des toitures se balançaient doucement dans le vent. La désolation était partout. Dans cette région minière sinistrée, on avait tenté de compenser une première catastrophe économique en incitant chacun à consommer à bas prix, mais même à ce tarif-là, un jour arriva où personne n'en eut plus les moyens et une deuxième faillite devint inéluctable.

Les sols avaient été retournés, asphyxiés, pollués et il était désormais impensable de semer des graines sur des terres que la frénésie consumériste avait rendues stériles. Par où faudrait-il commencer ? s'interrogeait Xavier. Nettoyer, ensemencer, laisser les racines purifier les sols, couper, brûler encore et encore. Combien de saisons, combien de moissons perdues ?

“Je suis d'accord avec toi, on aimerait pouvoir lui offrir mieux, lui dit Henry. Espérons que là où nous l'emmenons, elle pourra se construire un avenir.”

Dans la voiture, Clara venait de se réveiller et mit un certain temps à comprendre où ils se trouvaient, tant le décor lui semblait irréel. Les silhouettes d'Henry et de Xavier, se découpant à contre-jour sur le bâtiment nimbé de la lueur rosée du crépuscule naissant, évoquaient une scène de théâtre, mais de là où elle se trouvait, elle ne pouvait profiter du texte. Enveloppée dans une douce torpeur, elle n'eut pas le courage de sortir pour les rejoindre. Elle imaginait le bruit de ses pas résonnant dans cet espace vide. Plus loin, dans la semi-pénombre du bâtiment, elle distinguait Benoît qui allait et venait d'un mur à l'autre, le mouvement de sa tête indiquant que ses yeux étaient à la recherche d'indices sur la surface verticale du béton blanchi. Bien sûr, elle l'avait rapidement remarqué en apprenant à le connaître, Benoît était plus à l'aise avec les absents. Il devait déjà être en conversation silencieuse avec le pompiste et sa femme qui avait autrefois tenu la caisse. Chaque détail lui racontait quelque chose, le tas de tôle écrasée à ses pieds pouvait être le présentoir à journaux, le vieux calendrier cloué au mur indiquait l'emplacement de la caisse, les fragments du vitrage cathédrale dispersés au sol lui révélaient le regard de la caissière lorsqu'elle voyait évoluer, par-delà la verrière, la silhouette floutée de son mari pompiste. Cette capacité à appréhender des vies ayant quitté la scène depuis longtemps fascinait Clara. Benoît incarnait la poésie à l'état brut, une forme de beauté qui la réconciliait avec le monde. En essuyant ses pommettes du bout des doigts, elle observa son frère et perçut immédiatement le jeu de regards qui reliait Henry et Benoît. Henry l'observait à la dérobée, mais Benoît savait son regard posé sur lui, il semblait s'y appuyer. À distance, cette attention le portait.

Les voitures redémarrèrent et Benoît put bientôt annoncer à Hiba qu'ils arrivaient. Les yeux engourdis de sommeil, elle se tourna vers la vitre pour ne perdre aucun détail du paysage alentour. Le crépuscule colorait de rouge le relief, c'est là qu'elle allait essayer de se construire une vie ordinaire, et rien d'exceptionnel ne venait le signaler. La rondeur des collines avait quelque chose d'apaisant, la végétation était dense et enveloppante, c'était plutôt bon signe, mais Hiba avait appris à anticiper les mauvaises surprises.

Lorsqu'ils s'arrêtèrent enfin sur le terre-plein qui jouxtait la colonie, là où autrefois les bus déversaient des flots d'enfants bruyants, chacun comprit qu'un pan de leur histoire allait brusquement se dissoudre. Benoît prit la parole de façon un peu solennelle pour traduire de manière tangible ce que chacun ressentait. Dans peu de temps, ils ne se verraient plus. Ils s'étaient rencontrés et ils allaient se séparer. Demain, ils vivraient autrement, et ce n'était pas grave. Le claquement des portières résonna un peu trop fortement dans le silence de ce début de soirée.

La nuit était tombée désormais, la colonie disparaissait complètement sous l'obscurité du couvert des arbres. Une porte s'ouvrit et une silhouette se découpa dans la lumière électrique provenant de l'intérieur, puis un projecteur s'alluma sur la façade et le centre apparut, en partie rénové, prêt à accueillir Hiba. Dans ce décor, chacun aurait pu s'attendre à voir surgir une religieuse en cornette venue prendre la valise en carton d'Hiba pour la conduire à l'intérieur de ce qui aurait été un orphelinat. Mais c'est un jeune éducateur barbu et souriant qui apparut. Henry sortit le petit sac à dos du coffre et le lui tendit. Peu de paroles furent échangées, Hiba suivit cet inconnu sans rien dire, curieuse peut-être de ce qu'elle allait découvrir. Avec une sorte d'élégance qui lui ressemblait bien, elle ne se retourna pas, abrégeant ainsi des adieux qui s'annonçaient pénibles. La porte du centre se referma et le projecteur de la façade fut coupé. Il fallut un peu de temps pour que leurs yeux s'habituent à l'obscurité et distinguent vaguement le carré de terre entouré d'arbres centenaires au milieu duquel se tenait encore Hiba juste un instant auparavant.

LA SOURCE

Ana était enfin apaisée. Le médecin était passé et avait augmenté légèrement les doses de morphine. Son agonie venait de commencer. Au milieu des brumes parmi lesquelles elle évoluait désormais, elle s'engageait sur le chemin, la pente était douce, la sente herbeuse agréable aux pieds, rien d'inquiétant. En contrebas, au débouché de la descente, Aaron l'attendait, tranquillement assis sur un fauteuil de branches près d'une source d'eau claire. Elle retrouvait enfin son jardin de Babylone, il était étonnant qu'il fallût descendre plutôt que monter pour y arriver, mais l'heure n'était plus aux questions vaines. Au milieu des framboisiers et des cucurbitacées, Aaron l'attendait et il y avait de la place pour deux.

Elle n'avait plus la force de regarder en arrière, mais elle savait que sa vie avait été belle. Elle avait accompli bien des choses et n'avait pas de regrets. Elle s'était donné du mal pour élever jusqu'à son acmé l'humanité qui lui avait été donnée en partage. Elle avait le droit d'être fatiguée, désormais.

Yaëlle, la nièce d'Aaron, s'occuperait de tout, c'était entendu. Bientôt, Ana reposerait à côté de lui et leurs deux noms seraient gravés l'un au-dessus de l'autre. Comme pour lui, on indiquerait son lieu de naissance. Ceux qui passeraient par là se souviendraient et pourraient imaginer leurs parcours. Ana n'avait plus d'inquiétude, elle pouvait fermer les yeux et s'endormir tranquillement. Yaëlle avait gentiment déposé sur ses draps quelques photos et des lettres qu'elle pouvait encore relire quelques jours auparavant. De sa main gauche elle caressa le drap de gros coton. La sensation sous ses doigts rappelait des souvenirs très anciens. Un couple jeune et sans visage l'appelait enfin pour qu'elle marche jusqu'à eux. Leur attente était si grande, ce devaient être ses premiers pas… Ana s'agrippa au drap de coton pour ne pas trébucher et s'élança courageusement dans la descente.

LE TOIT DU MONDE

Le passage de la nouvelle année avait toujours été l'objet d'un rituel particulier. La mère de Xavier et Benoît attachait beaucoup d'importance à la façon dont on entrait dans un cycle nouveau. Il fallait être propre, avoir soldé les comptes de ses rancunes et de ses déceptions. Pour ce faire, le dernier jour de l'année finissante ou le premier de celle qui commençait, on se devait d'être au contact des éléments, en pleine nature. Si on se trouvait sur un littoral, une tempête était la bienvenue pour secouer les énergies négatives de ce qui s'achevait et recomposer des molécules positives qui nous accompagneraient au long de l'an nouveau.

Très tôt les rôles avaient été répartis entre les deux frères. Xavier était celui qui décryptait le monde, il lui appartiendrait donc de le parcourir. Il quitterait la maison pour y revenir et raconterait à Benoît ce qu'il avait découvert. C'est sans doute cette mission tacite qui l'avait enfermé dans une horizontalité qui avait déterminé sa trajectoire. Il avait suivi de chimériques lignes de fonte comme on tire sur le fil d'un écheveau, et chaque fois, ce fil l'emmenait un peu plus loin, une ramification, un aiguillage, puis un autre. Son appréhension de l'ici-bas avait conditionné sa façon d'envisager le monde. Bien sûr, il avait parfois pris l'avion, mais ce saut dans l'espace et dans le temps ne lui convenait pas, trop violent, contraire à son fonctionnement physiologique. À l'inverse, Benoît était cantonné à l'environnement proche, il devait commencer par percer la bulle qui l'entourait, et ce voyage immobile qui l'avait occupé si longtemps avait engendré une perception beaucoup plus verticale de la réalité. Confiné dans un espace restreint, il était monté chercher la lumière comme un arbre enserré entre des murs. Son mouvement ascendant devenait une nécessité plus qu'un choix. Lorsque les mots étaient entrés dans sa vie, d'une façon si singulière, ils lui avaient donné accès à la pensée en dehors des réalités du monde. Il s'était alors forgé une forme de spiritualité bien à lui. Contre toute attente, c'est Benoît qui caracolait sur les sommets, tandis que Xavier avançait le front bas, son regard encore prisonnier de l'humus.

Ainsi, le matin du 1er janvier, Xavier emmena Clara marcher dans les collines. Il fallait grimper pour rejoindre un plateau et faire chacun un vœu en dominant la vallée.

Xavier et Clara traversèrent la plateforme de l'ancienne voie ferrée, il lui tendit la main pour l'aider à franchir le talus. Face à eux, à l'entrée du plateau, le saule tortueux dépouillé de son feuillage dressait ses branches sombres vers le ciel.

Ils étaient montés de Nîmes de bonne heure car ils avaient été réveillés à l'aube par le téléphone. Il était minuit à New York, Henry voulait leur souhaiter une bonne année. Benoît parla à son frère, l'échange fut bref. "De toute façon, maintenant que minuit est passé, nous n'avons plus besoin de rester. Henry n'apprécie pas la compagnie des gens qui nous entourent, nous allons rentrer nous coucher."

À New York où il était en voyage avec Benoît depuis une semaine, Henry s'était finalement décidé à faire ce qu'on attendait de lui un 31 décembre, il avait accompagné des amis chez des inconnus. Ils avaient acheté du vin français, du champagne, puis avaient gagné le sud de Manhattan, au-delà de Central Park. Avant de s'engouffrer dans un hall en marbre gris où un *doorman* avait vérifié qu'ils étaient attendus, ils étaient passés devant des hommes et des femmes qui essayaient de lutter contre le froid sous des cartons et des couvertures, calés dans des encoignures, là où les fantaisies de l'alignement des façades le permettaient. Auprès d'eux, de jeunes bénévoles, arborant les insignes d'une association religieuse, allaient d'un amoncellement de cartons à l'autre pour distribuer des chocolats et des mandarines, le visage dévoré par un sourire extatique.

Benoît qui avait trouvé sa place sur un fauteuil au milieu de la pièce, observant les convives avec curiosité, refusa de bouger lorsqu'Henry l'incita à venir admirer la vue. Comprenant qu'il s'était éloigné des baies vitrées parce qu'il avait le vertige, Henry déplaça une chaise pour s'asseoir à ses côtés.

Pourtant, l'endroit dépassait de loin tout ce qu'il avait pu imaginer, un appartement comme on en voit dans les films, étage élevé dans une tour immense entourée de bâtiments plus bas qui n'obstruaient pas le panorama sur l'Hudson. Au loin, au-delà de la baie vitrée, on apercevait les lumières du Waterfront Walkway où Benoît et Henry s'étaient promenés la veille. Un peu plus loin, sur les bâches d'un chantier d'aménagement en bordure d'East River Park, ils avaient trouvé parmi d'autres citations quelques lignes de Simone de Beauvoir imprimées sur un gros plan de son visage.

L'espace d'un instant Henry fit abstraction des voix et des rires qui emplissaient l'espace clos où ils se trouvaient, il ne regrettait plus d'être venu à cette fête, personne ne semblait remarquer leur présence. Ils étaient pourtant installés bien en vue au milieu de la pièce. Aussi Henry eut-il tout le loisir de prêter une oreille distraite aux conversations qui s'entrecroisaient alentour.

Le langage était presque codé dans cet entre-soi où chacun se jaugeait en évaluant les évolutions de carrière des uns et des autres. Les considérations étaient exclusivement matérielles. Posés sur le toit du monde tandis qu'en bas, l'humanité tentait de survivre à la faim, au froid et à la solitude, les nantis dissertaient sur la situation des marchés financiers que l'actualité internationale fragilisait. En haut, chacun s'enorgueillissait de trier ses déchets et d'avoir un lombricomposteur dans le tiroir de sa cuisine.

Étrangement, Henry pensa à Roger. Cela ne lui était pas arrivé depuis très longtemps. Il se leva et retourna vers les fenêtres, face à l'horizon. Comment celui qui n'avait pas su devenir son père aurait-il réagi en présence de ces gens ? Henry ressentit soudain, et pour la première fois, une certaine tendresse pour cet être fruste. Roger, ce père adoptif, avait finalement eu le mérite, bien malgré lui, d'inciter Clara et Henry à ne pas lui ressembler.

À force de regarder en bas, Henry commença à avoir le vertige lui aussi, il éprouva une sorte de nausée, trop de ciel sans doute. Il retourna s'asseoir, ferma les yeux et prit la main de Benoît qui, en retour, serra la sienne comme on tient l'anse d'un seau ou la barre dans le métro. Il y avait une telle innocence dans ce geste que ce contact suffit à Henry pour se sentir rassuré et percevoir le reflux de sa mélancolie.

Un peu plus tard, un taxi jaune déposa Henry et Benoît au pied d'un immeuble en brique et ils entrèrent dans un ascenseur. Bientôt allongés chacun dans un petit lit à angle droit le long des murs d'une chambre bleue, ils s'abandonnèrent doucement au sommeil.

LIAISON

Tout à la brutalité et à l'ostentation de sa puissance mécanique, la locomotive tire ses voitures dans la courbe. La nature alentour s'est figée, arbres aux frondaisons rabattues par le souffle du train, animaux tapis dans leurs terriers, feuilles mortes et brindilles broyées sous le poids de la fonte. Le progrès avance sans remords et tout s'incline sur son passage. La roche a été découpée, le relief terrassé, la forêt saignée, nul obstacle ne vient entraver la coulée d'acier qui foudroie le paysage deux fois par jour, dans un sens puis dans l'autre.

Le train traverse la plaine, enjambe quelques cours d'eau, batifole à travers des prés fraîchement fauchés, s'échauffe en gravissant une déclivité légère qui le mènera ensuite à une pente plus marquée, jusqu'au franchissement d'un viaduc, avant de plonger dans le noir d'un tunnel, ayant atteint le point où la voie culminera en balcon jusqu'au point kilométrique 79, situé à 5,6 kilomètres en aval de la gare de Venaco.

Sur le quai, les passagers attendent le sifflement de la locomotive qui annonce son entrée dans la ligne droite desservant le quai. Ils se sont tous groupés vers le milieu de l'aire rectangulaire couverte de sable rose, à égale distance du hangar de marchandises et du bâtiment réservé aux voyageurs. Plus loin, sous les platanes, les charrettes attendent le convoi du soir pour repartir chargées de denrées en provenance de la ville. Mais pour l'heure, chacun compte et recompte ses paniers et ses ballots, évaluant mentalement le prix qu'il pourra en tirer. Les poules et les oies sont aussi du voyage pour être vendues sur ce marché qui n'est plus aujourd'hui qu'à une demi-heure du village. Les tenues sont soignées, le drap des vestes et des manteaux de belle qualité, au premier coup d'œil s'impose ce que le village a gagné avec l'arrivée du chemin de fer. La bourgade s'est développée, les nouvelles maisons sont plus hautes, leurs fenêtres plus larges. On a ouvert un hôtel pour les citadins qui aiment prendre le frais en été.

Enfin le train siffle, jaillissant de la courbe à toute allure. Certains passagers pressentent le danger et alertent les autres, il ne ralentit pas, attention, reculez ! Un mouvement de foule désordonné répond à la panique. La locomotive tangue et, à sa suite, la chenille des voitures de passagers oscille sur la voie. Cela dure quelques secondes, et puis le train se renverse sur le quai, balayant tout sur son passage.

D'une main vive et experte, Xavier saisit la rame et la repose sur ses rails. C'est fini, il ne s'est rien passé. Pourtant, Benoît commence déjà à pousser des cris brefs et aigus en agitant les mains près de son visage. Xavier sort le tube de colle et le montre à Benoît, ce qui ne suffit pas à le calmer. Alors son frère se place derrière lui, plaque son bras gauche contre sa cage thoracique et le serre contre lui. Avec sa seule main droite, Xavier redresse une à une les petites figurines, pose un point de colle à leur base et les fixe sur le sable du quai. Il sent le souffle de Benoît changer, perçoit le frottement rauque du retour au calme, puis les côtes se soulèvent de nouveau harmonieusement, tout redevient fluide. Il peut lâcher son frère.

Xavier et Benoît partagent la même exigence. Il faut retrouver l'empreinte de chaque personnage au sol pour le replacer exactement au même endroit. Xavier se concentre pour ne pas faire d'erreur, il est bien conscient de l'importance que cela recouvre pour son frère. Le curé reprend ainsi sa place à côté de sa valise, la fermière entourée de ses volailles, la femme au panier de fleurs, les jeunes mariés et le vendeur d'alcool entre ses deux tonneaux, l'un sur le flanc, l'autre dressé sur le fond.

Xavier prend Benoît par l'épaule pour qu'il recule et puisse admirer l'exacte reconstitution de leur circuit. La plateforme ferroviaire est revenue à son état d'origine. Comme s'il ne s'était rien passé, les flocons verts captifs d'une fine pellicule de colle donnent au paysage son aspect champêtre, les arbres au débouché du tunnel n'ont pas bougé, le viaduc surplombe les cristaux bleus qui figurent un cours d'eau et chaque personnage rayonne à sa place, remplit la fonction pour laquelle il a été conçu, le monde est en ordre.

Benoît semble satisfait du résultat, il met la main sur la molette du transformateur et la tourne vers la droite. Le train repart dans un mouvement fluide et régulier, il avale les distances, dépasse la rampe montagneuse et redescend vers la plaine pour aborder une nouvelle rotation. Benoît se laisse enivrer par le bruit du frottement métallique, la pression de sa main sur le bouton devient plus forte et le train prend de la vitesse. Pour éviter un nouvel accident, Xavier s'approche de son frère et pose sa main sur la sienne. Il sent les phalanges longues et maigres de Benoît entrer en contact avec ses doigts charnus aux bouts ronds. Une onde de chaleur remonte le long de leurs bras. Je suis là, ne t'en fais pas, dit le geste de Xavier.

img 002

img 003

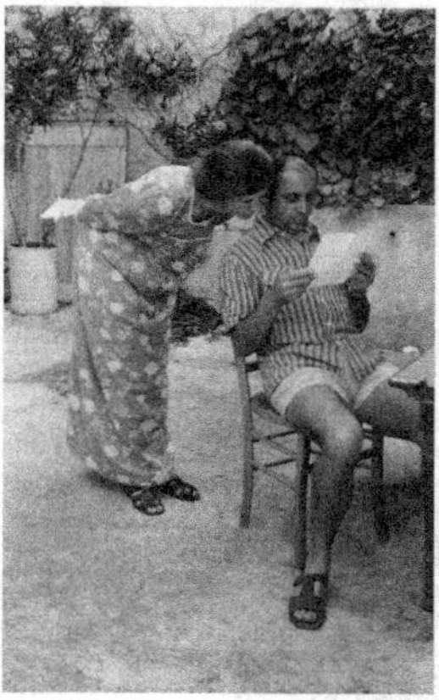

img 004

img 005

Images parlantes Benoît *pfl2016-09 n° 1*

img 039

img 127

img 053

img 105

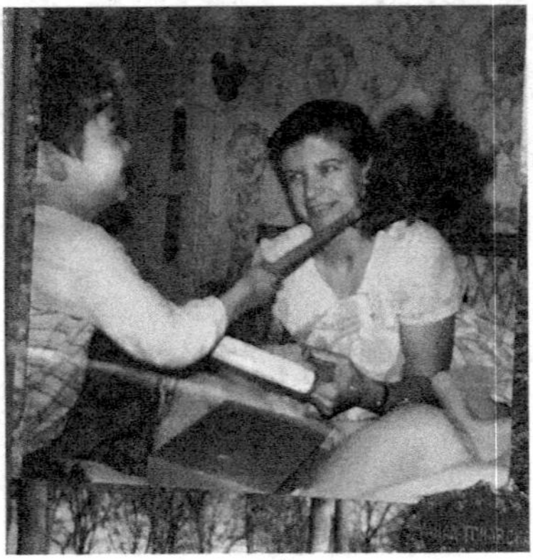

img 73

Images parlantes Benoît *pfl2016-09 n° 2*

Haïfa 0419 027

Haïfa 0419 094

Haïfa 0419 113

Haïfa 0419 059

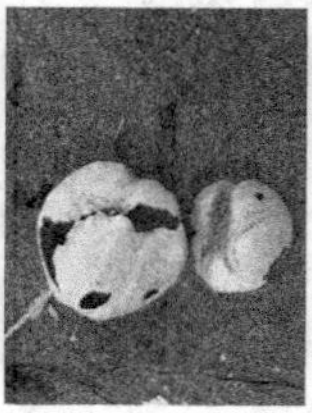

Haïfa 0419 026

Haïfa 0419 173

Haïfa 0419 139

Documentation Clara *pfl2017-06 n° 7*

pfl 174.1

pfl 031

pfl 125

pfl 017

pfl 211

pfl 233

Archives Xavier *pfl2018-11 n° 3*

DERRIÈRE LE HEURTOIR

Xavier avait passé sa vie à parcourir le paysage pour exhumer avec patience tout ce que la versatilité des hommes effaçait. Dans sa jeunesse, il avait pu croire fugacement qu'il entreprenait là une œuvre d'intérêt général, mais il avait bien vite perçu que son obsession était davantage tournée vers lui-même que vers les autres. Nulle dimension politique dans sa démarche, mais la réponse à une impérieuse nécessité qui ne concernait finalement que lui. Il cherchait, grattait, labourait, exhumait, et enfin, lorsqu'il pensait avoir trouvé ce qu'il cherchait, il était toujours happé par le besoin d'aller plus loin. L'horizontalité convoquait l'horizon, une traverse encore, un rail intact, et l'aventure géographique aurait pu durer indéfiniment si les contraintes matérielles n'étaient pas venues le rappeler à l'ordre. Au bout de la voie, il se trouvait toujours une autre voie, personne ne pouvait empêcher l'humanité d'avancer.

Au fil du temps, une autre terre aux limites bien marquées l'avait pourtant interrogé, alors même qu'il ne s'y était jamais rendu sous des prétextes ferroviaires. Et c'est avec son frère qu'il avait voulu s'y confronter, pressentant certainement ce que cet endroit du monde avait à leur apprendre sur leur relation.

Le crépuscule envahit doucement la mer du Japon, le phare s'est allumé et balaie les flots de son pinceau blafard, Xavier tourne sur lui-même pour ne rien perdre du panorama. Par-delà les viaducs de la voie rapide, au loin, en direction de l'agglomération, les feux de signalisation des trains se croisent sur l'entrelacs de voies ferrées qui borde la côte de Nou. Les vitesses des rames sont très contrastées, créant une sorte de crépitement inquiétant. Mais aucun choc ne vient altérer la paix du jour qui décroît. Les rames brinquebalantes de l'ancienne ligne déposent leurs passagers au bout du chemin qui leur permettra de regagner leur maison pour la nuit, tandis que le fuselage arrogant du train à grande vitesse, perché sur son viaduc de béton clair, fend l'obscurité d'une grande ville à l'autre, dans un bruit de lame.

Xavier scrute le gros œuvre, calcule rapidement la pente du terrain, évalue le risque de submersion, puis il soupire et sourit pour lui-même en admettant le ridicule de ses spéculations. Ce ne sont pas des éléments d'ingénierie ferroviaire qu'il est venu chercher ici. Lorsqu'il a décidé d'entreprendre ce voyage, il voulait se retrouver seul face à lui-même, et cette entité ne pouvait pas exclure Benoît. Seul, il l'avait toujours été à deux et cela continuerait jusqu'à ce que la mort de l'un d'eux vienne y mettre un terme.

Il avait vieilli, il le savait, et si cela ne l'effrayait pas particulièrement, il constatait que son rapport au temps avait changé. La mort lui était devenue plus présente et il avait fallu apprendre à vivre avec ses disparus. Cela impliquait de trouver une juste distance avec le réel pour ne pas être blessé par ses accidents. En bon cartographe, Xavier avait l'habitude de superposer des calques sur les réalités topographiques du terrain. Liaisons, populations, activité industrielle, autant de paramètres qui obligeaient la géographie physique à sortir de son mutisme séculaire et autant de couches translucides qui ouataient son rapport au réel.

Depuis qu'il avait perdu ses parents, Xavier se surprenait à soulever délicatement les feuilles de calque qui composaient leur existence partagée. Avec le temps, le papier devenait plus fragile, cassant, friable, et il économisait ses gestes, ne soulevait les feuilles que lorsqu'il était nécessaire d'aller vérifier un détail, s'assurer, les jours de doute, de leur présence protectrice.

Sur l'une de ces strates, un jour, il avait retrouvé un nom, Hiroshima, souvenir de sa mère militant pour le démantèlement de l'armement atomique et lui expliquant la tragédie des 6 et 9 août 1945. À l'époque, encore jeune enfant, Xavier avait dû faire de gros efforts pour se figurer l'anéantissement à sa juste échelle et tenter de comprendre comment un peuple survit à un événement de ce type.

Sur un autre calque, comme un linceul, la trace presque effacée d'une soirée de ciné-club. Un film japonais avait durablement marqué la conscience de Xavier, et pourtant il ne lui restait que quelques images et le son très présent du sable s'écoulant sur les parois des dunes, poussé par le vent, submergeant peu à peu les personnages qui s'en dégageaient dans une chorégraphie d'une lenteur infinie.

Le Japon incarnait pour Xavier une perpétuelle renaissance, une lutte perdue d'avance contre les forces de la nature, contre la cruauté du destin, n'empêchant nullement de persévérer, de se relever toujours. Les strates s'y superposaient dans une sorte de mouvement sismique continu, la vie et la mort, le passé et le présent s'entrelaçaient, et c'est ce qu'il pensait être venu chercher.

Xavier se retourne vers les flots. Derrière l'horizon, par-delà les distances humainement imaginables, il sait que se trouvent d'autres terres, d'autres humains, d'autres réalités, mais ce n'est rien moins que ce qu'indique le planisphère.

Face à la mer sombre qu'agite un moutonnement désordonné, ce savoir académique devient parfaitement abstrait. Xavier a le sentiment d'être parvenu à une extrémité, c'est bien ce qu'il était venu chercher ici. Au bout des voies, il y a un heurtoir, la fonte s'arrête, et derrière, une autre façon d'envisager le monde l'attend. Il doit maintenant être capable de sortir du mouvement horizontal qui l'a trop longtemps tenu prisonnier pour s'abstraire de la réalité, prendre de la hauteur et accéder à la poésie.

Benoît, lui, a avancé vers Benten Iwa, là où se trouve le phare, au milieu de la mer. En s'engageant sur le pont aux balustres rouges qui enjambe les flots, il a dit "je reviens". Au moment où il a regardé son frère s'éloigner dans le crépuscule, Xavier a constaté que l'îlot ressemblait à un décor de parc d'attractions moulé dans du ciment. Ils auraient pu le construire au milieu de leur circuit de train électrique, peignant en gris foncé la structure de papier mâché avant de la décorer de végétation et d'y coller des bancs, un *torii* et des balustrades d'un beau rouge.

Au-delà des voies ferrées, derrière les petites maisons serrées les unes contre les autres et reliées par une dentelle régulière de câbles électriques, le vert sombre des montagnes vire au noir, enveloppant d'un voile protecteur les torrents charriant du jade et les sources soufrées dont les vapeurs s'estompent peu à peu dans l'obscurité. Depuis leur arrivée à Itoïgawa, ils ont arpenté la ville, sa côte, l'arrière-pays montagneux, et Xavier s'est senti sur un pied d'égalité avec son frère. Ici, ils partagent de la même façon l'étrangeté de tout ce qui les entoure. Face aux réalités indéchiffrables qu'ils côtoient chaque jour, Xavier est obligé d'abdiquer le contrôle de la raison pour s'abandonner au vertige de l'émotionnel et du perceptif. L'altérité n'est pas nécessairement là où il l'avait toujours cantonnée, elle est en chaque chose si l'on sait regarder. Dans cet endroit, précisément, ils sont jumeaux et Benoît l'entraîne, sans un mot, dans son monde.

Leur voyage a basculé dans une autre dimension dès qu'ils sont sortis de la gare. Une pluie fine épaississait le ciel de l'après-midi, quelques rares véhicules circulaient dans les rues parfaitement perpendiculaires. Après l'agitation des métropoles, leur jeunesse ostentatoire, tout ici semble d'un autre âge. Nulle emphase, mais une sorte de résignation monochrome, l'obligation de revenir à l'essentiel des forces vitales, tant celles de la nature obligent à l'humilité.

Xavier et Benoît logent au-dessus d'un club de jazz, sur la longue avenue bordée de maisons basses que peu de détails distinguent les unes des autres. C'est une succession de fabriques de poisson frit, de petites maisons beiges dans le renfoncement desquelles sont garées les mêmes voitures cubiques déclinées dans différentes couleurs, de pâtisseries sans âge, de temples, d'un cimetière, d'un grainetier et du musée célébrant la mémoire du poète Gyofu Souma. Rien de superflu ne vient encombrer le regard, l'humidité et le gris du ciel sur la mer du Japon rappellent l'unique possibilité de l'instant, sur la mythique Fossa Magna, célébrée partout en ville comme un exutoire. Il faut que la vie sorte de terre à tout prix, que le végétal triomphe. Chaque infime surface nue, entre les trottoirs et les allées des maisons, est colonisée par des plantations potagères. Cucurbitacées et aubergines s'épanouissent sous la bruine, et la végétation ornementale est sobre et élégante, empreinte, dans son minimalisme, d'une ineffable dignité. Des châteaux d'eau en tôle coiffent certains immeubles un peu plus hauts que la moyenne, et d'anciennes carcasses métalliques rouillées pointent vers le ciel leur treillage sombre percé de bleu, sans qu'on puisse identifier quelle a été un jour leur fonction. Sur la sente parallèle à la voie rapide qui borde le littoral s'alignent de vrais jardins que des messieurs sans âge, gantés et chapeautés, entretiennent avec prévenance. Des bâtiments agricoles témoignant d'une époque bientôt révolue jouxtent un cube d'habitations en béton très récent, une fabrique de saké et la cour d'une école maternelle qui indique le retour à la zone urbaine. La vie semble étrangement paisible, marquée par une permanence rassurante. Il ne faut pas déranger les forces d'en dessous, pas plus que celles du dessus. Tout ici oblige à se laisser glisser dans une autre réalité, à accepter de perdre ses repères, ne jamais chercher à déchiffrer quoi que ce soit.

La nuit est tombée maintenant, on distingue encore la masse sombre de l'île sur la mer, mais bientôt une obscurité uniforme la fera disparaître, et Benoît n'est pas revenu. Au moment où Xavier commence vraiment à s'inquiéter, un bateau de pêcheur quitte le rivage. Le faisceau puissant de son projecteur de proue illumine un instant le pont et une partie de Benten Iwa, traversant le *torii* en projetant une ombre rectangulaire sur le rocher. Xavier repère alors une drôle de silhouette qui descend lentement de l'escalier au-dessus du portique rouge. Le bateau s'éloigne et avec lui, sa lumière, mais Xavier a eu le temps de distinguer la grande carcasse de son frère repliée sur elle-même en une courbe protectrice, penchée sur la frêle silhouette d'une petite dame à qui il a offert l'appui de son avant-bras. Benoît porte bien haut le minuscule parapluie ressemblant davantage à un paratonnerre au-dessus de la silhouette de frêle campanule coiffée d'un chapeau aux rebords tombants. Les jambes de la vieille dame s'agitent de façon désordonnée sans parvenir pourtant à la faire avancer plus rapidement. L'étrange convoi traverse ainsi le *torii* et s'engage maintenant sur le pont pour rejoindre la terre. Derrière eux, le faisceau du phare éclaire la mer au lointain, à contre-jour et par intermittence. Xavier ne voit pas le visage de Benoît, mais il sait la beauté de ses traits et devine le sourire radieux qui illumine son regard.

OUVRAGE RÉALISÉ
PAR L'ATELIER GRAPHIQUE ACTES SUD
REPRODUIT ET ACHEVÉ D'IMPRIMER
EN MAI 2022
PAR NORMANDIE ROTO IMPRESSION S.A.S.
À LONRAI
POUR LE COMPTE DES ÉDITIONS
ACTES SUD
LE MÉJAN
PLACE NINA-BERBEROVA
13200 ARLES

DÉPÔT LÉGAL
1re ÉDITION : AOÛT 2022
N° impr. : 2202269
(Imprimé en France)